Daniela Böhm

*Das Mädchen aus dem*
*Niemandsland*

AF201213

Über dieses Buch

*An einem besonders heißen Sommertag kommt Lily, das
Mädchen aus dem Niemandsland, das erste Mal nach
New York. Als unvoreingenommene und liebenswürdige
Beobachterin stellt sie gesellschaftliche Strukturen infra-
ge, die in der heutigen Zeit als Selbstverständlichkeit
gelebt werden.*
*Lily berührt die Herzen der Menschen und die verschie-
denen Begegnungen sind so bunt wie ihre Glaskugeln, die
sie verschenkt und denen ein geheimnisvoller Zauber
innewohnt ...*

*Daniela Böhm*

# Das Mädchen aus dem Niemandsland

*Das Mädchen aus dem Niemandsland*
Daniela Böhm

1. Auflage
Oktober 2017

Copyright © der Originalausgabe 2017:
Daniela Böhm
Umschlaggestaltung: Andy Steinbauer
Umschlagbild: Copyright © Andy Steinbauer
www.andysteinbauer.de
Lektorat: Nico Pietschmann

Herstellung und Verlag: BoD
Books on Demand, Norderstedt
ISBN 978–3–744897150

*Für die Träumer*

*Für Stella, Kian, Moritz, Samuel, Ronja,*
*David, Sofia*
*und all die anderen Sterne der Hoffnung*

## Das Mädchen aus dem Niemandsland

*In einer Welt, in der die Schatten länger werden,
die Gesichter der Menschen immer trauriger und
die Gespenster der Angst den Schlaf der Nacht
rauben ...*

Niemand in dem Viertel dieser großen Stadt, die
niemals schlief, kannte sie oder hatte sie vorher
gesehen.

Plötzlich war sie aufgetaucht, ganz unvermittelt
und an einem Sommermorgen.

Schon am späten Vormittag dampfte der Asphalt
in der Hitze, die Luft wurde unerträglich und das
Atmen so schwer wie all die Sorgen, welche die
Menschen als Bündel mit sich herumschleppten.

Sie trug ein einfaches Sommerkleid, wie es Mädchen in diesem Alter gerne tragen. Es reichte ihr
bis knapp unter die Knie und war sonnengelb mit
einem rosa gestickten Blumenmuster am Aus-
schnitt.

Sie fiel nicht weiter auf und schien nur eines der
Kinder zu sein, die morgens die Straße mit den
vielen Geschäften entlangliefen, um zur Schule zu

gehen.

Es war ungefähr zehn Uhr, als sie eine kleine Bäckerei in der Mitte der Einkaufsstraße betrat, von der die Leute sagten, sie hätte die besten Donuts der Stadt.

Der Laden war klein und nicht besonders schön, aber am Samstag oder Sonntag kamen die Menschen von weit her, um sich die süßen Köstlichkeiten zu holen.

„Hallo", sagte der Bäcker, dem der Laden gehörte, zerstreut, „was möchtest du?"

„Guten Tag", erwiderte sie höflich und richtete den Blick sogleich auf all die unterschiedlichen Donuts mit glänzendem Schokoladenüberzug oder buntem Zuckerguss.

Eine ganze Weile stand sie so da und obwohl keine anderen Menschen im Laden waren, wurde der Bäcker schließlich ungeduldig. Nervös trommelte er mit seinen Fingerspitzen auf das Holzbrett hinter der Theke.

„Welchen willst du denn?", fragte er ein wenig ungehalten.

Sie sah ihn an und eine Spur von Verwunderung

schien in ihren klaren grünen Augen zu liegen.

Dem Bäcker wurde unbehaglich zumute. Dieser Blick war direkt, ohne Kompromisse, so wie Kinder schauen, die noch nichts zu verbergen haben.

„Sind Sie in Eile?", fragte sie und drehte sich dabei um. Niemand stand hinter ihr.

„Ein wenig", meinte der Bäcker. „Ich muss noch Sandwiches vorbereiten – für die Leute, die sich hier in der Mittagspause etwas zu essen holen."

„Das verstehe ich. So eine Bäckerei macht sicher viel Arbeit. Bitte geben Sie mir den Donut mit dem zitronengelben Zuckerguss."

„Sehr gerne", sagte der Bäcker und griff nach einer Papiertüte. Er war verwundert über ihre Antwort, die wie aus dem Mund eines Erwachsenen klang.

Das Rascheln des Papiers erfüllte für ein paar Augenblicke die Stille des Ladens.

„Niemand scheint in dieser Stadt Zeit zu haben", sagte sie.

„Zeit ist etwas für Kinder und alte Leute", erwiderte der Bäcker, während er ihr die Tüte über die Theke reichte.

„Das ist traurig."

„Nun ja, so ist das eben. Man muss arbeiten, um Geld zu verdienen, damit man im Alter Zeit hat."
Er blickte das Mädchen an.

„Du hast recht – es ist traurig. Aber ich habe Glück, denn ich liebe meinen Beruf. Ich wollte schon als Kind Bäcker werden. Viele gehen einer Arbeit nach, die sie gar nicht mögen."

Sie sah ihn nachdenklich an und strich sich eine Strähne ihres kupferbraunen glatten Haares aus dem Gesicht.

„Müsstest du nicht in der Schule sein?", fragte der Bäcker, den ihr Blick nervös machte, und sah auf die Uhr hinter ihm an der Wand. Es war bereits halb elf.

„Ich bin zu Besuch hier."

„Ach so", sagte der Bäcker und erkundigte sich nicht weiter.

Mit geschickter Hand ordnete er die verschiedenfarbigen Donuts auf den Blechen in der Auslage und das Mädchen sah ihm fasziniert zu.

„Was ist Geld?"

„Na hör mal, du stellst Fragen! Wie alt bist du denn? Weißt du denn nicht, dass man für alles im Leben Geld braucht und es sich verdienen muss?

Für ein paar Schuhe, um die Wohnung zu bezahlen oder für diesen Donut, den du essen möchtest. Du hast doch Geld dabei, oder?", fragte er plötzlich misstrauisch.

„In dem Land, aus dem ich komme, gibt es kein Geld."

Der Bäcker starrte sie ungläubig an und fühlte Empörung in sich hochsteigen.

„Dann kannst du diesen Donut nicht haben", schnaubte er. „Und außerdem glaube ich dir nicht! In jedem Land gibt es Geld. Wahrscheinlich hast du nur kein Taschengeld für diese Woche übrig und willst dir mit diesem Märchen den Donut erschwindeln."

Die Gesichtsfarbe des Bäckers hatte sich in leuchtendes Rot verwandelt.

„Ich wollte Sie nicht verärgern", sagte sie schlicht und mit einem aufrichtigen Ton in ihrer Stimme.

Der Bäcker schwieg einen Moment und stieß einen Seufzer aus.

„Also gut, wie heißt dieses Land, aus dem du kommst?"

„Niemandsland."

„Niemandsland", wiederholte der Bäcker, weil

ihm nichts Besseres einfiel, und blickte das Mädchen kopfschüttelnd an.

„Ja."

„Jetzt reicht es. Du hast mir genügend Zeit gestohlen! Gib mir den Donut zurück, wenn du ihn nicht bezahlen kannst, und erzähle deine Märchen jemand anderem."

„Ich möchte Ihnen ja etwas geben", sagte sie höflich und zog einen kleinen Beutel aus der rechten Tasche ihres sonnengelben Kleides.

Sie öffnete ihn und griff mit der linken Hand hinein. Was in dem orangefarbenen Beutel war, blieb dem Bäcker verborgen, aber während sie etwas herauszog, hörte er ein Geräusch wie von Steinen, wenn man sie aneinander rieb.

Freudestrahlend streckte sie ihm ihre Hand entgegen, die sie zu einer kleinen Faust geballt hatte, und öffnete sie langsam.

Der Bäcker sah eine kobaltblaue Glaskugel. Er musste lächeln, obwohl er es gar nicht wollte. Die kleine Kugel sah aus wie eine Murmel und erinnerte ihn an das Murmelspiel, das er als Kind besessen hatte.

Er schämte sich plötzlich, weil er so unwirsch gewesen war. ‚Kinder leben eben in einer Traumwelt', dachte er. ‚Wahrscheinlich hat sie wirklich kein Geld bei sich und Hunger. Vielleicht sind ihre Eltern arm – wie so viele Menschen in dieser Stadt.'

„Es ist in Ordnung, behalte deine Murmel, ich schenke dir den Donut", meinte er freundlich.

„In meinem Land geben wir immer etwas, wenn wir ein Geschenk erhalten. Bitte nehmen Sie diese Kugel. Ich habe sie extra für Sie ausgesucht", sagte sie ernst.

Erneut beschlich den Bäcker ein leichtes Unbehagen, als er in ihre grünen Augen blickte, die von dichten, langen Wimpern umrahmt waren.

„Nun gut."

Verlegen griff er nach der Kugel und drehte sie mit seinen dicken Fingern hin und her – die Farbe war besonders und niemals hatte er eine Murmel in diesem Kobaltblau gesehen. Man konnte nicht durch sie hindurchschauen; das Glas war trüb, und dennoch schien sie auf eigentümliche Weise zu strahlen.

„Das ist wirklich eine besonders schöne Murmel. Danke."

„Es freut mich, wenn Sie Ihnen gefällt."

„Sag mal, wie heißt du eigentlich?"

„Lily."

„Ein Blumenmädchen", schmunzelte der Bäcker, während er die kleine Kugel immer noch in seinen Händen hin und her rollte. „Lilien sind hübsche Blumen. Meine Mutter mochte sie besonders gern."

„In unserem Land erhalten viele Kinder den Namen einer Blume, wenn sie zur Welt kommen."

„Das ist ein schöner Brauch."

‚Sie besitzt eine lebhafte Fantasie – wie alle Kinder eben', dachte er.

Ein lautes Klingeln durchbrach plötzlich den Raum und zwei Leute betraten die Bäckerei.

„Auf Wiedersehen und vielen Dank", sagte Lily mit einem strahlenden Lächeln und winkte ihm zu. Im nächsten Augenblick war sie durch die offene Tür verschwunden.

„Auf Wiedersehen", rief ihr der Bäcker hastig nach und steckte die Kugel zerstreut in seine linke Hosentasche, während sein nachdenklicher Blick

für ein paar Sekunden die zitronengelben Donuts in der Auslage streifte.
Dann wandte er sich seiner neuen Kundschaft zu.

\*\*\*

*Ein ungleiches Paar*

Lily, das Mädchen aus dem Niemandsland, schlenderte die Straße hinunter. Sie wollte zu dem kleinen Park, den sie heute am frühen Morgen entdeckt hatte, und ihren Donut dort essen.

Als sie ein paar Straßen überquert hatte und schon fast am Ende der großen Einkaufsstraße angelangt war, sah sie einen Mann am Boden sitzen.

Er hatte seine Decke im Schatten eines Durchgangs ausgebreitet. Seine Kleidung war abgetragen und alt, der linke Schuh hatte ein Loch. Es war ein älterer Mann mit silbernen Strähnen im Haar, eingefallenen Wangen und einem bitteren Zug um die schmalen, zusammengepressten Lippen. Doch als Lily vor ihm stehenblieb, lächelte er sie mit seinen blauen Augen an und zeigte dabei ein paar Zahnlücken in seinem Gebiss.

Vor sich auf dem Boden lag ein Schild aus Pappe. In einer ungelenken Handschrift stand dort: „Ich habe meine Arbeit und mein Zuhause verloren. Ich bitte um eine kleine Spende."

„Es tut mir sehr leid", sagte Lily und deutete auf das Schild. „Wie ist das geschehen? Und wie heißen Sie?"

„Mein Name ist Tom und warum ich hier sitze, ist eine längere Geschichte", meinte der Mann freundlich und schien froh darüber, dass ihn jemand fragte. „Erst hat sich meine Frau von mir getrennt, dann habe ich meine Arbeit verloren und am Ende meine Wohnung, weil ich kein Geld mehr hatte, um sie zu bezahlen. Ich habe mich bemüht, einen neuen Job als Uhrmacher zu finden und als das aussichtslos schien, hätte ich alles angenommen, aber niemand wollte mich. Sicher liegt es auch an meinem Alter. Mit Ende fünfzig ist es schwer, Arbeit zu bekommen."

„Haben Sie keine Familie?", fragte Lily voller Anteilnahme.

„Meine Eltern sind bereits tot und mein Bruder lebt in Italien. Er schickt mir hin und wieder etwas Geld."

Lily neigte den Kopf nachdenklich zur Seite.

„Im Niemandsland – dort, wo ich wohne – muss keiner auf der Straße leben. Jeder hat ein Zuhause."

Tom lächelte. Es war ein trauriges und wehmütiges Lächeln.

„Es wäre schön, wenn so ein Land tatsächlich existieren würde", sagte er leise.

Lily erwiderte nichts, sondern bot ihm stattdessen die Hälfte ihres Donuts an. Ganz selbstverständlich setzte sie sich neben ihn auf den Boden.

„Das ist freundlich von dir, aber willst du ihn wirklich mit mir teilen? Bestimmt hast du selbst großen Hunger."

„Ich teile gern", sagte Lily.

Menschen hasteten geschäftig vorbei. Hin und wieder warf jemand einen flüchtigen Blick auf das ungleiche Paar, das auf dem Boden kauerte.

„Die Leute hier sind ständig in Eile", meinte Lily, nachdem sie das letzte Stück des halben Donuts gegessen hatte.

„Das stimmt", erwiderte Tom. „Aber so ist eben das System. Man muss arbeiten, um Geld zu verdienen, damit alles bezahlt werden kann, und hat kaum Zeit. Wer kein Geld besitzt, ist in dieser Gesellschaft wenig wert. Ich weiß, dass viele Leute, die hier vorbeilaufen, denken, ich sei ein Taugenichts und nur zu faul zum Arbeiten, oder vielleicht ein Trunkenbold, der sich Geld für Schnaps erbetteln will. Natürlich", fügte er hinzu, „es gibt solche Menschen, aber glaube mir, die meisten, die auf der Straße landen, haben irgendwelche Schicksalsschläge hinter sich. Viele sind mit ihnen nicht fertig geworden und verfallen deshalb dem Alkohol."

„Das ist schlimm. Und es ist schade, dass den Leuten die Zeit fehlt."

„Ja, und du erinnerst mich gerade daran, dass mir wenigstens das nicht fehlt: die Zeit. In einer Stadt wie New York ist das keine Selbstverständlichkeit. Hier sagen die Menschen immer, *Zeit ist Geld'*."

„Aber Zeit kann man doch nicht besitzen?", fragte Lily. „Sie gehört doch niemandem."

„Natürlich nicht. Aber du kannst viel Geld verdienen und dann Zeit haben, um beispielsweise Urlaub zu machen. Doch in Wahrheit bedeutet dieser Satz, dass sie dazu da ist, um Geld zu verdienen."

„Das ist seltsam. Man kann die Zeit nicht anfassen oder stückchenweise kaufen. Sie macht nur deutlich, dass etwas entsteht und wieder vergeht, dass sich alles verändert und es ein Geschenk ist, hier zu sein. Im Niemandsland arbeiten die Menschen auch, aber sie tun es gerne und nicht, um Geld zu verdienen. Der Bäcker hat mir erzählt, dass viele Menschen hier unglücklich sind, weil sie eine Arbeit haben, die sie gar nicht mögen. Bei uns macht jeder etwas, das seinen Fähigkeiten entspricht, für sich selbst oder andere. Oder man tut etwas für die Gemeinschaft, wie zum Beispiel die Straßen kehren oder eine Schule bauen. Bei uns gibt es kein Geld. Wir schenken eine Kleinigkeit, wenn wir etwas erhalten."

„So so, du kommst also aus dem Niemandsland", schmunzelte Tom und wunderte sich über ihre Fantasie und all das, was sie sagte. Es waren nicht die Sätze eines Kindes. „Wie alt bist du eigentlich?"

„Ich werde bald zehn."

Plötzlich stand Lily auf und blickte in die Auslage des Geschäfts, das gleich neben dem Durchgang daran anschloss.

„Was sind das für Sachen, die dort verkauft werden?", fragte sie Tom.

„Das weißt du nicht? Eigentlich kennen Kinder in deinem Alter diese Dinger bereits aus Filmen oder als Spielzeug. Das sind Waffen aller Art, Pistolen und Gewehre."

„Was tut man damit?", meinte Lily und blickte ihn verwundert an.

Obwohl er es kaum glauben konnte, erkannte Tom an ihrem Blick, dass sie aufrichtig war.

„Siehst du denn kein Fernsehen? Wahrscheinlich nicht", beantwortete er die Frage für sich selbst. „Da gibt es immer wieder Filme, in denen diese Dinger vorkommen", sagte er zögerlich, denn er wusste nicht so recht, wie er es ihr erklären sollte. „Peng peng macht es und dann fällt irgendjemand um und ist tot."

Bestürzt sah Lily erneut in die Auslage und setzte sich dann wieder zu Tom auf den Boden.

„Aber warum sollte man einen anderen Menschen totmachen? Das ist furchtbar!" Ihre Augen füllten sich mit Tränen. „Und wieso gibt es ein Geschäft, in dem so etwas verkauft wird, damit man das tun kann?"

Tom schüttelte den Kopf und räusperte sich. Er strich ihr unbeholfen über die Wange und war erstaunt, wie weich ihre bronzefarbene Haut war.

„Wie soll ich dir das verständlich machen? Wie heißt *du* denn eigentlich? Und wo sind deine

Eltern?"

„Mein Name ist Lily und meine Eltern wohnen auch im Niemandsland. Ich bin nur kurz zu Besuch hier."

Tom sagte nichts. Lily kam ihm wie ein Mädchen aus einer anderen Welt vor. Oder doch von dieser Welt, aber mit einer blühenden Fantasie, wie sie Kinder in diesem Alter und in dieser Stadt schon lange nicht mehr besaßen.

Er überlegte einen Moment, wie er es ihr begreiflich machen könnte.

„Menschen kaufen Waffen, damit sie sich verteidigen können. Denn es gibt andere Menschen, die wollen ihnen etwas wegnehmen, weil sie selbst weniger haben. Oder sie kaufen eine Waffe, weil sie habgierig sind und noch mehr besitzen wollen. Manchmal auch, weil sie einfach böse sind oder ihnen jemand anderer Unrecht getan hat. Dann wollen sie sich rächen. Das ist im Kleinen wie im Großen so. Es gibt riesige Firmen, die Waffen aller Art herstellen, viel schrecklichere als diejenigen, die du hier siehst. Sie bauen Bomben und Panzer und Kampfflugzeuge. Damit wollen die Regierungen der verschiedenen Länder ihr Land verteidigen, falls es angegriffen wird. Oder sie greifen selbst ein Land an, um sich in einen Konflikt einzumischen, und das meistens nur deshalb, weil sie sich irgendeinen Vorteil davon versprechen. Ach", winkte er resigniert ab, „das ist alles viel zu kompliziert, um es einem kleinen Mädchen, wie du es bist, zu erklären. Es ist absurd und traurig. Tatsache ist, dass viel Böses auf der Welt herrscht und deshalb gibt es Waffen. Um es zu tun oder sich dagegen zu wehren. Und", fügte er hinzu, „schließlich werden Waffen auch deshalb produziert, um mit ihnen Geld zu verdienen."

Lily hatte ihm stumm zugehört und immer wieder verständnislos den Kopf geschüttelt.

„Im Niemandsland gibt es keine Waffen, und weil es bei uns kein Geld gibt, werden sie auch nicht deswegen gebaut", sagte sie jetzt. „Niemand fürchtet, dass ihm ein anderer etwas wegnimmt, denn jeder hat genug von allem, für jeden ist gesorgt und keiner muss Hunger leiden. Wenn ein Mensch krank wird, kümmern sich andere um ihn. Niemand muss auf der Straße leben, so wie du, und keiner will mehr haben als irgendjemand anderes. Und jeder respektiert jeden und den Platz, an dem er wohnt.“

Tom nickte.

„Das klingt schön“, sagte er anerkennend. „Ich bewundere deine Fantasie und dass du dir in deinem Alter schon Gedanken machst, wie es sein könnte, wenn diese Welt eine bessere wäre. Aber sie ist eben die, die sie ist, und alles hat seinen Preis, den man mit Geld bezahlt. Selbst für den eigenen Tod muss man bezahlen, der ist auch nicht umsonst.“

Tom streckte seine Beine aus, denn er hatte die ganze Zeit im Schneidersitz gesessen. Er stöhnte ein wenig, sie fühlten sich steif an, aber das war er bereits gewohnt nach all den Monaten auf der Straße. Und jetzt war alles noch nicht so schlimm – es war Sommer. Bei dem Gedanken an den Winter überfielen ihn jedes Mal Angst und Unbehagen. Er würde um Aufnahme in eines der katholischen Männerheime bitten, aber ihm graute davor. Dann dachte er an sein schönes Zuhause, das er einst gehabt hatte und die Wehmut schnürte ihm das Herz zusammen.

Lily hatte den kleinen Beutel aus der Tasche ihres

Kleides gezogen. Sie nahm eine sonnengelbe Kugel heraus und sagte zu Tom: „Die ist für dich. Ich danke dir, dass du mir Dinge erzählt hast, von denen ich nichts wusste, auch wenn sie mich traurig machen."

Obwohl er es nicht wollte und sich schämte, stiegen Tom die Tränen in die Augen. Es war Ewigkeiten her, seit ihm jemand etwas geschenkt hatte. Sicher, er bekam Almosen, die Leute warfen ein paar Münzen in die Blechbüchse, die er jeden Morgen vor sich auf dem Boden neben dem Schild aufstellte, und manchmal geschah es, dass ihm jemand ein Sandwich kaufte oder ein Getränk. Aber ein richtiges Geschenk, etwas, das einfach nur das Herz erfreute, das hatte er lange nicht mehr erhalten.

Er räusperte sich. „Lily aus dem Niemandsland, du bist ein besonderes Mädchen. Ich müsste *dir* etwas schenken, denn es kommt selten vor, dass sich jemand zu mir setzt und mit mir unterhält. Dafür danke ich dir. Und diese Murmel ist wirklich besonders schön", sagte er und betrachtete sie staunend. Auch sie war matt und undurchsichtig, dennoch leuchtete sie auf eine seltsame Weise.

„Alles Gute für dich, Tom", sagte Lily zum Abschied und lächelte.

„Für dich auch, Lily aus dem Niemandsland. Pass auf dich auf!"

\*\*\*

*„Ist das ein berühmter Mann?"*

Lily schlenderte erneut die Straße entlang und überquerte sie am Ende einer großen Kreuzung nach rechts. Sie wollte unbedingt wieder zu dem schönen Park gelangen.

New York, diese riesengroße, laute und niemals schlafende Stadt kam ihr wie ein gefräßiges Ungeheuer vor, das in der brütenden Hitze grimmig vor sich hinschnaufte. Sie sehnte sich nach ihrem Zuhause, nach kühlen und duftenden Sommerwiesen, der Ruhe und dem Zwitschern der Vögel, nach ihrer besten Freundin Veilchen und nach ihren Eltern.

Aber sie war nicht aus Zufall und ohne Grund in diese große Stadt geraten. Und vielleicht konnte sie bereits heute Abend zurück nach Hause.

Lily lief auf der Querstraße weiter und blieb gelegentlich vor der Auslage eines Geschäfts stehen. Als sie ungefähr zwanzig Minuten gelaufen war und den Park bereits von Weitem sah, erblickte sie in einer kleinen Seitenstraße ein Gebäude, das im Sonnenlicht zu leuchten schien, so weiß war es.

Auf dem kleinen Platz davor standen Frauen in schwarzen Gewändern und Lily näherte sich ihnen neugierig.

Zwei von ihnen wandten sich jetzt ab und gingen in das Gebäude hinein. Die dritte Frau blieb noch einen Augenblick stehen und folgte dann den anderen beiden.

„Entschuldigen Sie", rief Lily atemlos, denn sie war losgerannt, nachdem sie gesehen hatte, dass die Frau auch gehen wollte.

Als sie Lilys Stimme hörte, drehte sie sich um.

„Bitte meine Kleine, wie kann ich dir helfen?", fragte die Nonne freundlich.

Sie war noch recht jung, vielleicht dreißig Jahre alt und mit einer Haut wie aus Alabaster und leuchtend blauen Augen.

„Ich wollte nur fragen, was das für ein Haus ist?", sagte Lily.

„Das weißt du nicht?", entgegnete die Nonne sichtlich verwundert.

„Nein", erwiderte Lily.

„Siehst du das Kreuz dort, ganz oben?"

Lily legte beide Hände über die Augen, denn die Sonne blendete stark.

„Ja, ich sehe etwas", antwortete sie unbeholfen.

„Es ist eine Kirche. Die Kirche unseres heiligen Herrn Jesus Christus", sagte die Nonne und bekreuzigte sich.

Lily blickte sie erstaunt an.

„Ich kenne ihn nicht. Ist das ein berühmter Mann?"

Die Nonne stieß einen leisen Seufzer aus und konnte es kaum fassen, dass Lily noch nie etwas von Jesus gehört hatte.

„Jesus war der Sohn Gottes und ist am Kreuz für die Sünden der Menschen gestorben", erklärte sie und holte einen Rosenkranz aus den Tiefen ihres schwarzen Gewandes hervor.

Lily verschränkte ihre Arme und fragte: „Was sind das, Sünden?"

Die Nonne sah sie ungläubig an. „Du weißt ja überhaupt nichts, mein Kind. Sicher, du bist noch klein und in vielem unschuldig, aber hast du denn keinen Religionsunterricht? Sind deine Eltern vielleicht Atheisten? Aber selbst dann", murmelte sie mehr zu sich selbst als zu Lily gewandt, „müsstest du ja wissen, was eine Sünde ist."

„Ich weiß es wirklich nicht." Lilys Blick war so

aufrichtig, dass die Nonne spürte, dass sie die Wahrheit sprach.

„Komm, wir setzen uns auf die Bank unter dem Baum. Dort gibt es ein wenig Schatten. Die Hitze in diesen Tagen ist unerträglich."

Lily folgte ihr zu einem großen Ahornbaum mit ausladenden Ästen und war froh, wieder sitzen zu können.

„Wie ist dein Name?", fragte die Nonne freundlich.

„Lily."

Obwohl es heiß war, durchlief die Nonne ein kurzer Kälteschauer.

„Das ist ein schöner Name. Lilien sind das Symbol der Unschuld", setzte sie leise hinzu.

„Meine Mutter sagt, dass Kinder wie Blumen sind und diese Welt bunt machen. Und wie heißen Sie?", fragte Lily höflich.

„Ich bin Schwester Beatrice."

„Weshalb tragen Sie dieses dicke schwarze Kleid? Es ist doch so warm", meinte Lily mitfühlend. „Sie müssen furchtbar schwitzen."

Schwester Beatrice lächelte, auch wenn ihr gar

nicht danach zumute war.

„Wenn man an Jesus Christus glaubt und ihm sein Leben widmet, trägt man diese Art von Gewand. Ich lebe in Keuschheit, aber ach, du wirst sicher genauso wenig wissen, was das ist. Ich habe niemals geheiratet und werde auch keine Kinder bekommen."

„Das tut mir leid", sagte Lily mitfühlend.

„Nun ja." Schwester Beatrice schluckte einige Male. Dieses Mädchen war seltsam und ihre Fragen waren wie kleine Pfeile, die mitten in ihr Herz trafen, obwohl sie das bestimmt nicht absichtlich tat. „Es war meine Entscheidung. Schon als Kind habe ich gespürt, dass ich eine tiefe Liebe zu Jesus in mir trage. Ich wollte ihm dienen und Gutes tun. Und die Sünde fernhalten."

„Aber was ist denn nun eine Sünde?", fragte Lily verständnislos.

„Ich erkläre es dir an einem Beispiel: Wenn du einem anderen Kind etwas wegnimmst, das du für dich haben willst, dann ist das eine Sünde. Oder wenn du jemanden anlügst."

„Ach so", sagte Lily. „Jetzt verstehe ich, was Sie meinen. Man tut etwas, das jemand anderem wehtut oder ihn traurig macht. Meistens sagt einem der andere das oder man begreift es selbst, weil man es *spürt*. Bei Kindern sind es oft die Eltern, die ihnen beibringen, was Fehler sind. Dann entschuldigt man sich und bemüht sich, den gleichen Fehler nicht noch einmal zu tun. Den Begriff Sünde gibt es bei uns nicht. Wir nennen das Irrtum, ein Missverständnis oder eben einen Fehler."

Lily strahlte die Nonne mit ihren grünen Augen an.

„Ja, so ungefähr ist das", erwiderte Schwester Beatrice und staunte erneut über dieses kleine Mädchen. „Aber in unserer Religion muss man Gott auch um Vergebung für seine Sünden bitten."

„Wer ist Gott? Und was ist eine Religion?", fragte Lily.

„Das weißt du auch nicht?"

„Nein."

„Aus welchem Land kommst du denn?", fragte Schwester Beatrice, die von einer Verwunderung in die nächste fiel.

„Aus dem Niemandsland", antwortete Lily so ernsthaft, dass Schwester Beatrice einen Moment lang nichts entgegnete.

‚Lily lebt anscheinend in einer Fantasiewelt‘, überlegte sie. ‚Wahrscheinlich hat sie gerade ein schlimmes Erlebnis hinter sich. Oder vielleicht haben sich ihre Eltern getrennt?‘

„Wer ist denn nun dieser Gott? Ist das auch so ein berühmter Mann wie Jesus?", fragte Lily und riss sie aus ihren Gedanken.

Schwester Beatrice musste unwillkürlich lächeln.

„Nein, Lily. Er ist kein Mensch, sondern …" Plötzlich wusste sie nicht so recht, wie sie es dem Mädchen erklären sollte. „Man kann ihn nicht sehen oder anfassen, aber man spürt ihn in seinem Herzen. Er ist der Schöpfer dieser Welt und wir sind alle seine Kinder", antwortete sie.

Lily blickte eine kleine Weile stumm auf den leeren Platz vor der Kirche.

Schwester Beatrice betrachtete sie aufmerksam mit der leisen Hoffnung, dass sie ein kleines Samenkorn gepflanzt hatte.

‚Was für ein hübsches Mädchen sie ist. Ihre Haut ist bronzefarben, vielleicht sind ihre Eltern Einwanderer aus Mexiko?‘, überlegte sie. Aber die kleine Stupsnase, das kupferbraune feine Haar und die grünen Augen mit den langen dunklen Wimpern wollten nicht so recht zu dieser Vermutung passen.

„Im Niemandsland glauben wir auch an eine Kraft, die alles erschaffen hat", sagte Lily schließlich. „Aber sie hat keinen Namen, sie ist einfach da."

Schwester Beatrice schüttelte fast unmerklich den Kopf über dieses Kind, das kaum ein Kind zu sein schien, obwohl sie all diese Fragen stellte, die andere Kinder in ihrem Alter schon längst beantworten konnten.

Bevor die Nonne Gelegenheit hatte, etwas zu erwidern, fragte Lily unvermittelt: „Und was ist eine Religion?"

„Ein ganz bestimmter Glaube über den Ursprung dieser Welt und aller Lebewesen sowie die Befolgung der Regeln dieses Glaubens. Meine Religion ist das Christentum, es gibt aber auch den Islam oder den Buddhismus und einige mehr."

„Ach so", meinte Lily. „Jeder hat also einen bestimmten Glauben. Ist das nicht manchmal schwierig, weil jemand denkt, sein Glaube sei der einzig *richtige*?"

Auf der rechten Wange von Schwester Beatrice bildeten sich unruhige rote Flecken.

Sie räusperte sich. „Sicher, ich bin davon überzeugt, dass mein Glaube der richtige ist, aber ich respektiere den der anderen Menschen."

Hilflos brach sie ab. Stimmte das wirklich, was sie soeben zu Lily gesagt hatte? Und dann kamen ihr die Gräueltaten und Kreuzzüge der katholischen Kirche in den Sinn und der Terror, die Angst und der Schrecken, die der Islamische Staat in diesen Tagen verbreitete. Unzählige und unschuldige Leben hatte dieser Kampf der Religionen seit Jahrtausenden gekostet. Bis heute.

„Und dieses Haus, das Sie Kirche nennen, wozu ist das da?", fragte Lily.

„Dort wird der Gottesdienst gefeiert, so nennen wir es, wenn sich die Gläubigen treffen, um unseren Herrn und Jesus Christus zu preisen."

„So etwas …"

„… gibt es bei euch natürlich auch nicht", fiel ihr Schwester Beatrice lächelnd ins Wort.

„Nein", meinte Lily und lächelte ebenfalls. „Wir gehen in die Natur und feiern, denn diese Kraft, die alles erschaffen hat, ist in allem, was uns umgibt – in den Bäumen, im Flüstern des Windes, dem Glanz der Sterne, im Lächeln der Blumen oder eines Menschen, im Rauschen des Wassers und in dem Regenwurm, der die Erde umgräbt. Sie ist einfach überall."

Ihre Augen glänzten, während sie ihren kleinen Beutel hervorzog.

„Ich möchte Ihnen etwas schenken", meinte sie schlicht. „Als Dank für all das, was Sie mir erzählt haben."

Lily holte eine rosafarbene Kugel heraus und reichte sie ihr mit einem Strahlen.

„Die ist aber schön", stammelte Schwester Beatrice, die sich ebenso wie Tom über dieses kleine Geschenk freute.

„Danke Lily. Aber sag mir", meinte sie besorgt, „wo sind deine Eltern? Du bist doch nicht allein hier in dieser großen Stadt?"

„Sie brauchen sich keine Gedanken um mich zu machen", entgegnete Lily ausweichend. „Ich habe Eltern, die mich sehr lieben. Ich sehe sie später wieder."

Dann stand sie auf, sah noch einmal nachdenklich zu der Kirche und reichte Schwester Beatrice ihre rechte Hand.

„Auf Wiedersehen.“

„Auf Wiedersehen, Lily.“

Die Nonne blieb noch lange auf der Bank sitzen und blickte Lily nach, wie sie über den Platz ging. Als sie schließlich aus ihrem Blickfeld verschwand, drehte Schwester Beatrice die Kugel versonnen in ihren Händen und dachte an all das, was das Mädchen aus dem Niemandsland erzählt und gefragt hatte.

***

## Zitronenlimonade

Lily hatte großen Durst. Der Donut mit Zitronenguss war köstlich gewesen, aber sie hatte schon lange nichts mehr getrunken und ihr Mund fühlte sich trocken an.

Sie war wieder auf die Hauptstraße zurückgelaufen und sah ein Café, vor dem kleine runde Tische mit Sonnenschirmen standen. Fast alle waren besetzt.

„Ist hier noch frei?", fragte sie eine Frau, die alleine an einem der Tische saß und auf ihr Mittagessen zu warten schien.

Die Frau blickte von ihrem Smartphone hoch und sah Lily einen Moment lang verdutzt an.

„Natürlich", meinte sie daraufhin freundlich. „Es ist ja genug Platz für zwei."

„Danke sehr", sagte Lily und blickte sehnsüchtig auf die große Wasserflasche. „Ich möchte nur etwas trinken, ich habe großen Durst."

„Ja, das ist die Hitze", erwiderte die Frau verständnisvoll.

Sie nahm ein unbenutztes Glas, das neben der Flasche stand und schenkte etwas Wasser ein. Dann schob sie es zu Lily über den Tisch.

Hastig leerte Lily das Glas in einem Zug.

„Danke", sagte sie außer Atem.

„Gern geschehen. Soll ich dich auf eine Limonade einladen? Wie heißt du?"

„Lily."

„Tatsächlich? Die beste Freundin meiner Tochter heißt auch so. Bist du aus New York?"

„Nein. „Ich bin nur auf der Durchreise und fahre heute oder morgen wieder zurück nach Hause. Und wie ist Ihr Name?", fügte Lily höflich hinzu.

„Elizabeth. Du bist aber nicht alleine hier, oder? Und woher kommst du?"

Lily dachte an Schwester Beatrice und entschied sich, nur auf die zweite Frage zu antworten.

„Aus dem Niemandsland."

Elizabeth lächelte. Es war ein hübsches Lächeln, aber es schien zerstreut und oberflächlich.

Sie erwiderte nichts und blickte auf ihr Smartphone, das zu leuchten begonnen hatte.

„Entschuldige, ich muss rasch auf diese Nachricht antworten", meinte sie.

Lily nickte und betrachtete sie indessen aufmerksam. Die Frau sah sehr vornehm aus und trug ein leichtes, hellblaues Kostüm; die Jacke war mit goldenen Knöpfen verziert und ihr schwarzes glattes Haar wurde von einer Spange zusammengehalten. Die dunklen Augen waren von stark getuschten Wimpern umrahmt und ihre makellose Haut war leicht gebräunt.

Der Kellner brachte der Frau das Essen und Lily bestellte eine Zitronenlimonade.

„Was essen Sie?", fragte Lily.

Wie ein kleiner Hund hob sie dabei witternd ihre Nase in die Höhe.

„Man sagt erst einmal guten Appetit", bemerkte Elizabeth freundlich, aber bestimmt, und stocherte prüfend in ihrem Salat. „Im Übrigen sieht man das doch, es ist Salat mit gegrillter Hühnchenbrust.

„Sie essen Teile von Tieren?", fragte Lily und starrte ungläubig auf ihren Teller.

„Das nennt man Fleisch", entgegnete Elizabeth und blickte sie irritiert an. „Es ist wichtig für eine gesunde Ernährung. Isst du denn kein Fleisch? Erlauben das deine Eltern?"

„Nein", antwortete Lily ernst. „Ich esse keine Tiere und meine Eltern auch nicht."

Elizabeth begann sich unbehaglich zu fühlen und schob sich den ersten Bissen nur zögerlich in den Mund.

„Bei uns im Niemandsland werden keine Tiere gegessen. Wir respektieren und achten sie als Teil der Natur und Mitbewohner der Erde. Und es stimmt nicht, dass man Fleisch braucht."

„Jetzt verstehe ich", meinte die Frau mit einem verständnisvollen Lächeln, „in deiner Fantasie gibt es ein Land, in dem Tiere nicht getötet werden. Nun ja, das ist natürlich eine schöne Vorstellung."

„Das ist keine Vorstellung, sondern Realität", erklärte Lily überzeugt und trank einen Schluck Zitronenlimonade.

„Ach Kleines, als meine Tochter so alt war wie du, hat sie sich auch immer Geschichten ausgedacht. Aber jetzt ist sie bereits sechzehn und wird langsam erwachsen; das Internat, in dem sie seit drei Jahren ist, tut ihr gut."

„Würden Sie einen Hund essen? Den dort drüben zum Beispiel, der unter dem Tisch sitzt?"

Elizabeth blickte zu dem Hund, einem Jack Russel, und dann entsetzt zu Lily.

„Natürlich nicht!", sagte sie laut. „Wie kommst du

denn auf so eine Idee?"

„Aber warum essen Sie dann ein Huhn?"

„Es gibt Tiere, die kann man essen und andere wiederum nicht", erwiderte Elizabeth.

„*Jedes* Tier möchte lieber leben", entgegnete Lily mit Nachdruck. „Und nur weil man ein Mensch ist, hat man nicht das Recht, sie zu töten."

„Ich töte keine Tiere", meinte Elizabeth aufgebracht und über Lilys Vergleiche empört. „Diese Diskussion ist unsinnig."

„Es ist kein Unsinn", erwiderte Lily.

Elizabeth schob den Teller mit dem Salat zur Seite, denn sie verspürte plötzlich keinen Appetit mehr und ärgerte sich, dass Lily ihr das Mittagessen verdorben hatte. Und sie hatte auch keine Lust mehr, sich von einem kleinen Mädchen sagen zu lassen, was sie ihrer Meinung nach falsch machte.

‚Das gehört sich nicht', dachte sie. ‚Wie alt mag sie sein? Zehn Jahre? Ihre Eltern haben sie jedenfalls nicht gut erzogen.'

Nervös schnippte sie nach dem Kellner. „Zahlen, bitte!"

„Was ist eigentlich ein Internat?", fragte Lily neugierig, während Elizabeth ungeduldig mit den

Fingern trommelnd auf den Kellner wartete.

„Das weißt du nicht? Es ist eine private Einrichtung, in der Kinder zur Schule gehen und wo sie auch wohnen."

„Dann sehen Sie Ihre Tochter ja gar nicht, wenn die Schule aus ist? Sind sie nicht betrübt darüber?", meinte Lily. Ihre Augen drückten ehrliches Bedauern aus.

Elizabeth waren Lilys Bemerkungen nun endgültig zu viel. Sie fühlte sich unwohl und es war ihr gar nicht recht, dass sie ihr all diese unangenehmen Fragen stellte. Anfangs hatte sie Lily für ein unbedarftes kleines Mädchen vom Land gehalten, doch dieses Gefühl hatte sich schnell verflüchtigt – wie der Duft des teuren Parfums, das sie heute Morgen aufgesprüht hatte, bevor sie aus dem Haus gegangen war.

Sie straffte ihre Schultern und räusperte sich.

„Kinder aus gutem Hause gehen oft auf ein Internat", sagte sie selbstbewusst und fügte hinzu: „Außerdem war Annabelle ein schwieriges Kind, als sie in die Pubertät kam. Nun kommt sie zweimal im Monat am Wochenende nach Hause. Dann verbringen wir eine schöne Zeit miteinander und unternehmen viel. Wir gehen einkaufen oder ins Kino, in Restaurants, und am Sonntagabend fährt mein Mann sie wieder in das Internat."

„Hmm ..." Lily nahm wieder einen großen Schluck von ihrer Zitronenlimonade, die zwar köstlich schmeckte, aber nicht so gut wie daheim. Wehmütig dachte sie an ihre Eltern. Sie vermisste sie so sehr und es war noch nicht einmal ein ganzer Tag vergangen, seit sie von Zuhause fort war.

„Kostet so ein Internat Geld?", fragte Lily.

„Natürlich, was denkst du denn? Sehr viel sogar."

Lily dachte an Tom. „Dann können Leute, die kein Geld haben, ihre Kinder nicht dorthin schicken?"

„Auf keinen Fall. Das finde ich auch besser. Natürlich gibt es arme Leute, die sehr nett sind und gebildet, aber schließlich soll meine Annabelle mal einen Mann aus gutem Hause heiraten und finanziell abgesichert sein. Und eine vernünftige Schulausbildung, mit der man später Chancen auf dem Arbeitsmarkt hat, kostet eben viel Geld."

„Das ist ungerecht", meinte Lily. Der Blick aus ihren klaren Augen war dabei so ernst, dass Elizabeth abrupt aufstand.

„So ist diese Welt nun mal", erwiderte sie. „Geld

ist wichtig. Ich habe mir das nicht ausgedacht, Lily, und kann es nicht ändern."

Elizabeth war froh, als der Kellner endlich kam, und zahlte auch Lilys Zitronenlimonade.

„Danke", sagte Lily, „das ist sehr freundlich von Ihnen. Im Niemandsland gibt es kein Geld, aber wir schenken eine Kleinigkeit, wenn uns jemand etwas Gutes tut. Bitte", meinte sie und zog eine Kugel aus ihrem Beutel, die sie über den Tisch schob. Sie war tiefviolett und glänzte sanft.

Elizabeth nahm sie in ihre rechte Hand und betrachtete sie einen kurzen Augenblick. Sie lächelte kurz und bedankte sich. „Sie ist sehr schön. Als Kind hatte ich auch Murmeln, aber keine in dieser Farbe."

„Das freut mich. Aber ... es stimmt übrigens nicht."

„Was denn?", seufzte Elizabeth leicht ungehalten.

„Jeder kann die Welt ein kleines Stückchen besser machen und verändern. Wir müssen nicht alles hinnehmen, nur weil es so ist oder schon lange so war. Das sagt mein Vater immer, wenn wir über Dinge sprechen, die sich verändern sollten", meinte Lily freudestrahlend. „Auf Wiedersehen."

„Auf Wiedersehen, Lily. Es war nett, dich kennenzulernen."

Lily wusste, dass sie es nicht so meinte.

Kindern wie Lily kann man nichts vormachen.

Elizabeth verließ das Café mit einem befremdlichen Gefühl. Sie spürte ein Ziehen in ihrer Seele, das ganz und gar nicht angenehm war und ihre selbstverständliche Welt ins Wanken brachte.

Als sie am Straßenrand auf ein Taxi wartete, drehte sie sich noch einmal um.

„Was für ein merkwürdiges Mädchen", sagte sie leise zu sich selbst.

\*\*\*

*Eine unsichtbare Macht*

Lily blieb noch eine Weile sitzen und betrachtete das bunte und lärmende Treiben um sich herum.

Das junge Paar mit dem Jack Russel stand auf und der Hund zog sie eilig davon. Eine ältere Frau mit einem Strohhut, die ein paar Tische weiter rechts von ihr saß, beschwerte sich jedes Mal, wenn der Kellner kam und ihr beflissentlich verschiedene Gänge servierte. Lily verstand nicht jedes Wort, nur ein paar Fetzen drangen an ihre Ohren – „zu heiß", „eine Fliege im Salat", „das Bier schmeckt schal".

Sie beobachtete die Frau eine Weile aufmerksam, betrachtete fasziniert die glitzernden Ringe an ihren Händen und bemerkte den unzufriedenen Zug um ihre grell angemalten Lippen. Zwei junge Männer am Nebentisch diskutierten hitzig über geschäftliche Dinge, und obwohl Lily alles hörte, blieb ihr der Inhalt des Gesprächs unverständlich. An dem Tisch links von ihr hielt ein Mann die Hand einer blonden Frau und streichelte ihr mit der anderen über die Wange. „Es wird schon wieder gut", sagte er jetzt zu ihr, „mach dir keine Sorgen. Du wirst eine neue Arbeit finden, davon bin ich überzeugt. Und für den nächsten Monat hast du noch genügend Geld, um deine Miete zu bezahlen und einkaufen zu gehen."

Lily musste wieder an Tom denken. Wieso gab es in dieser Stadt und in diesem Land eine Macht, die sich hinter grüngedrucktem Papier oder Münzen verbarg? Woher kam sie und wer versteckte sich dahinter? Welcher Mensch hatte sie erfunden? Gab es diesen einen Menschen noch? Hatte er die Erfindung dieser bunten Scheine und Münzen an jemanden weitervererbt? Wieso hielt diese Macht scheinbar alles in ihren Händen, sodass ihretwegen sogar Waffen hergestellt wurden, mit denen sich die Menschen gegenseitig umbrachten? Das war furchtbar! Sie kam ihr wie ein unsichtbarer Puppenspieler vor, der seine Figuren so bewegte, wie er es wollte.

Als Elizabeth ihre Zitronenlimonade bezahlte, hatte Lily das erste Mal einen Dollarschein gesehen, und während sie bei Tom gewesen war, hatte sie einen neugierigen Blick in seine verbeulte kleine Blechdose geworfen und kurz die silbernen

Münzen betrachtet, welche die Leute hin und wieder hineinwarfen. Es kam ihr seltsam und befremdlich vor, dass diese kleinen runden Dinger und bunten Scheine das Leben der Menschen in dieser Stadt bestimmten.

Lily dachte an Schwester Beatrice. In dem Gespräch mit ihr war es nicht um Geld gegangen. Aber sie schien genauso von etwas beeinflusst, das man nicht sehen konnte. Sie hatte ihr erklärt, was es damit auf sich hatte, was Religion bedeutete und Lily hatte instinktiv begriffen, was sie meinte. In der Essenz war es die gleiche Kraft, an die auch sie glaubte. Doch die Art und Weise, in der Schwester Beatrice ihren Glauben lebte, dieses Gefüge von Regeln und Vorstellungen, die Angst vor Sünde und der Anspruch auf den richtigen Glauben, waren ihr fremd. All das erschien ihr bedrückend und so undurchsichtig wie das dicke schwarze Kleid der Nonne.

Sie dachte an ihre Heimat und dass die Menschen dort viel glücklicher waren. Sie mussten nicht für eine unbekannte Macht arbeiten, um ihre Wohnung oder ihr Essen bezahlen zu können. Sie brauchten keine Angst haben, dass sie alleine und in Not auf der Straße leben mussten und sich niemand um sie kümmerte. Und es gab keinen Gott oder Jesus Christus, der einem Furcht einjagte, wenn man etwas falsch gemacht hatte, genauso wenig wie starre Glaubensvorschriften, die man befolgen musste.

Natürlich gab es auch im Niemandsland Regeln, die Eltern ihre Kinder lehrten und die in der Schule wiederholt wurden. Dabei lautete die wichtigste, dass man sich bei allem, was man tat, fragen sollte, ob es jemand anderen verletzen oder ihm in irgendeiner Weise schaden könnte.

„Ist hier noch frei? Darf ich mich dazusetzen?"

Erschrocken blickte Lily hoch, herausgerissen aus ihren Gedanken, und bemerkte erst jetzt, dass sie die ganze Zeit auf ihrem Plastikstrohhalm herumgekaut hatte.

„Wie bitte? Ach so, natürlich, ich wollte gleich gehen", erwiderte sie.

Der Mann nahm die Sonnenbrille ab und setzte sich auf den Stuhl, auf dem vor ihm Elizabeth gesessen hatte.

Er schenkte Lily ein wohlwollendes Lächeln aus seinen braunen Augen, die fast dieselbe Farbe wie seine Haut hatten, und öffnete seinen Laptop, während er einen flüchtigen Blick auf die Speisekarte warf.

„Also wegen mir musst du nicht aufstehen", meinte er mit einem Zwinkern.

Lily lächelte.

„Haben Sie Kinder?"

„Ja, einen Sohn. Aber er ist schon viel älter als du."

Lily rutschte ein wenig auf ihrem Stuhl hin und her.

„Können Sie mir vielleicht sagen, wer das Geld erfunden hat?", fragte sie unvermittelt.

Der Mann blickte sie einen Augenblick erstaunt an und lachte dann laut auf.

„Du fragst den Richtigen. Ich bin Banker von Beruf. Darf ich mich vorstellen: Mein Name ist Larry."

„Und ich heiße Lily und komme aus dem Niemandsland."

Larry lachte wieder und bestellte nebenbei sein Mittagessen.

„Aha", meinte er schmunzelnd, „du kommst also aus dem Niemandsland …"

„… und Sie glauben mir das nicht, ich weiß", fiel ihm Lily ins Wort.

„Als ich ein Kind war, habe ich mir auch ausgemalt, in fernen und geheimnisvollen Ländern zu leben", sagte Larry freundlich. „Wie ist denn dieses Niemandsland? Lebt es sich da schön? Bestimmt", setzte er hinzu.

„Ja", erwiderte Lily ernsthaft. „Es ist viel schöner als hier und die Leute haben auch nicht so viel Angst."

„Du findest also, dass die Menschen hier ängstlich sind?"

„Nicht direkt. Aber sie müssen sich dauernd so viele Sorgen machen – um ihre Arbeit zum Beispiel."

„Das ist die heutige Zeit; der Arbeitsmarkt ist nicht mehr der, der er einmal war. Und wenn man kein Geld hat …"

„… ist man nichts wert", unterbrach ihn Lily erneut.

„Na ja, genau *so* würde ich es nicht sagen."

Larry blickte sie einen Moment lang nachdenklich

an.

„Aber du hast recht, Geld ist wichtig. Trotzdem sind andere Werte von größerer Bedeutung, wie Charakter und Intelligenz, Anständigkeit und Ehrlichkeit, um nur einige zu nennen."

Lily nickte und neigte den Kopf leicht zur Seite.

„Im Niemandsland glauben wir daran, dass alles, was von Herzen kommt, einen Wert besitzt und jeder Mensch wertvoll ist – einfach deshalb, weil er einzigartig ist auf dieser Welt. Aber natürlich sind auch Ehrlichkeit und Anstand wichtig", meinte sie.

Ihr Lächeln und der Blick aus ihren klaren und wunderschönen Augen rührten Larry auf eigentümliche Weise.

Als er die Ehrlichkeit und den Anstand aufgezählt hatte, war das nur so dahin gesagt gewesen, ohne sich viel Gedanken darüber zu machen.

Während er einen Schluck von seinem alkoholfreien Bier trank, das der Kellner in der Zwischenzeit gebracht hatte, fiel ihm ein Klient ein, der heute Morgen bei ihm gewesen war.

Er hatte ihm Anteile von einem Fonds seiner Bank verkauft. In geschulter und gekonnter Manier hatte er ihn davon überzeugt – etwas, das ihm nach jahrelanger Erfahrung ein Leichtes war. Ehrlichkeit? Larry hatte ihm verschwiegen, dass ihm sein Chef erst gestern mitgeteilt hatte, dass der Fonds nicht mehr so eine gute Rendite abwarf und er sich deshalb darum bemühen sollte, den Kunden möglichst diesen zu verkaufen. Anständigkeit? War diese Art von Investition anständig? Für viele Konzerne in diesem Fonds waren das Wort und seine Bedeutung nicht zutreffend. Die einen kauften Land in bitterarmen Ländern auf, andere Firmen kündigten ihren Mitarbeitern, um noch mehr Rendite zu erwirtschaften, einige verdienten ihr Geld mit überteuerten Medikamenten und andere wiederum mit Silber- und Goldminen, in denen Menschen wie Sklaven arbeiteten.

„Wer also hat das Geld erfunden?", fragte Lily ungeduldig.
Larry räusperte sich.
„Früher einmal, vor sehr langer Zeit, gab es den Tauschhandel. Ein Bauer tauschte zum Beispiel seine Kartoffeln gegen etwas, das er gut gebrauchen konnte. Nehmen wir mal an, es war ein

Pferd, das er dringend auf seinem Hof benötigte. Derjenige, der ihm das Pferd gab, brauchte aber nicht so viele Kartoffelsäcke, um durch den Winter zu kommen. Viel wichtiger wäre ihm ein gutes Paar Schuhe gewesen, mit denen er diese Jahreszeit trockenen und warmen Fußes überstehen konnte."

Lily hatte ihre Ellenbogen auf den Tisch gestützt und ihr kleines Gesicht in die Hände gelegt. Gespannt hörte sie Larry zu.

„Bevor Münzen aus Bronze, Gold oder Silber gestanzt wurden", sprach Larry weiter, „gab es andere Tauschmittel wie Muscheln oder Perlen, in China war es lange Zeit die sogenannte Kaurischnecke, die besonders kostbar war. Eines Tages – das ist viele Jahrhunderte her – kam ein gewisser König Krösus auf die Idee, Münzen in gleichem Gewicht und gleicher Größe stanzen zu lassen. Damit wurde ein einheitliches Zahlungsmittel geschaffen und nicht mehr eine Sache gegen eine andere getauscht, sondern jeder konnte das kaufen, was er wirklich benötigte. Das sind so ungefähr und kurz erzählt, die Anfänge des heutigen Geldsystems. Verstehst du?"

Lily nickte und sah zu ihrer Erleichterung, dass Larry Spaghetti mit Tomatensoße bestellt hatte.

„Guten Appetit", sagte sie lächelnd.

„Danke sehr."

„Dann ist das Geld also nur ein Tauschmittel?", meinte sie.

„Genau genommen ja."

„Aber wo kommt es her und wie erhält man es?", fragte Lily.

„Nun ja", antwortete Larry und wischte sich mit seiner Serviette die Tomatensoße vom Mund, „es kommt von den Banken. Es gibt eine staatliche Notenbank, die das Geld druckt oder die Münzen stanzt, und an all die verschiedenen Banken, bei denen Menschen ein Konto haben, weitergibt. Um auf deine zweite Frage zu antworten: Der Bauer, den ich in dem Beispiel vorhin genannt habe, tauscht seine Kartoffeln heute eben nicht mehr gegen ein Pferd, sondern erhält dafür Geld. Damit kann er sich kaufen, was er benötigt", erklärte er geduldig.

„Hmm." Lily hatte die Arme verschränkt und dachte nach. Hin und wieder zogen sich ihre kleinen Augenbrauen zusammen und Larry betrachtete sie amüsiert, während er sich seine Pasta schmecken ließ. Schon lange hatte er nicht mehr so eine angenehme Mittagspause verbracht.

Die Fragen, die jetzt aus Lilys Mund kamen, überraschten ihn jedoch.

„Wenn Geld ein Tauschmittel ist, das man verdienen oder für das man etwas geben muss, was machen dann all die Menschen, die nichts tun können, weil sie krank und schwach sind oder nichts besitzen?", fragte Lily. „Gibt es deshalb so viele arme Menschen in dieser Stadt? Das finde ich ungerecht. Ist Geld wirklich nur ein Tauschmittel? Mir kommt es so vor, als wäre es eine ungeheure Macht, die alles beherrscht."

Larry schob sich seine letzte Gabel Spaghetti in den Mund und kaute etwas langsamer als zuvor.

Im Grunde hatte dieses kleine Mädchen recht. Heutzutage war das Geld von der ursprünglichen Idee eines Tauschmittels weit entfernt. Auf eine gewisse Weise hatte es sich verselbstständigt und war tatsächlich zu einer eigenständigen Macht geworden. Als Banker wusste er nur zu gut um die Macht des Geldes. Und es gab wenige Bereiche auf dieser Welt, die es nicht beeinflusste. Ob es um grundsätzliche Bedürfnisse wie ein Dach über dem Kopf, Lebensmittel oder einen Arztbesuch ging, einen Urlaub oder Kinobesuch, sich ein Buch zu kaufen oder eine neue Hose, ein kleines Geschenk für sich selbst oder andere – für alles brauchte man Geld. Wer genügend davon besaß, kaufte sich noch mehr Aktien, ein zweites oder drittes Haus, flog nicht einmal im Jahr in den Urlaub, sondern fünfmal, hatte vielleicht eine teure Geliebte und sammelte Kunst als Wertanlage.

Er schob seinen Teller beiseite, wischte sich mit der Serviette nochmals den Mund ab und räusperte sich. „Für ein Mädchen in deinem Alter stellst du ungewöhnliche Fragen. Menschen, die arm sind, erhalten Beistand vom Staat, aber gerade in Amerika gibt es auch viele private oder kirchliche Einrichtungen, die ihnen helfen. Ohne die ginge es gar nicht", fügte er nachdenklich hinzu. „Es ist heutzutage eben so, dass der Wohlstand eines Landes von seiner Produktivität abhängt. Je mehr Menschen arbeiten und Geld verdienen und damit wiederum Dinge kaufen, die sie brauchen oder die ihnen erstrebenswert scheinen – wie ein neues

Auto oder Schmuck –, desto stärker wird die Wirtschaft angekurbelt. Für das jeweilige Land bedeutet das Reichtum, der in Form von Geld gemessen wird – auch bei dem einzelnen Menschen, der spart und sein Geld auf die Bank trägt."

„Aber dann ist es doch kein Tauschmittel mehr, wie ursprünglich gedacht, sondern als ob Geld an sich etwas ist, wonach viele Menschen hier streben", meinte Lily. In ihrem kleinen Kopf begann sich alles ein wenig zu drehen und ihr war heiß.

„Eigentlich hast du recht." Larry blickte auf seine Uhr. Es war bereits nach zwei. „Jetzt muss ich nur leider zurück in die Bank."

„Ich wollte auch gehen", sagte Lily, „aber ich möchte Ihnen noch kurz etwas erzählen."

Larry nickte und winkte dem Kellner zu.

„Im Niemandsland gibt es kein Geld. Und das ist sicher ein Grund, warum die Menschen bei uns zufriedener sind. Wenn sie etwas arbeiten, tun sie das, weil es ihren Fähigkeiten entspricht oder dem Wohl der Gemeinschaft nützt. Auch bei uns gibt es größere Städte. Dort sorgen die Menschen in den einzelnen Vierteln füreinander, alle halten die Straßen sauber und kümmern sich um andere allgemeine Arbeiten. Ansonsten tut jeder etwas, das er besonders gut kann. Die einen unterrichten Kinder in Schulen, anderen macht es Spaß, Menschen in Läden zu beraten, wenn sie bestimmte Dinge brauchen. Einige machen Musik, malen ein Bild oder schreiben Geschichten. Aber niemand tut das für Geld. Ich wohne auf dem Land und in diesem Sommer werde ich das erste Mal bei der Ernte mithelfen. Ich freue mich darauf", sagte sie mit einem fröhlichen Lächeln. „Es ist schön, in der Natur zu sein. Die Erde gibt die Nahrung für uns Menschen und Tiere freiwillig sowie alles andere, was wir benötigen, um beispielsweise ein Haus zu bauen – alles kommt von ihr. Sie verlangt kein Geld dafür. Was sollte sie auch damit anfangen?"

Während der letzten Sätze hatte sie eine Kugel aus ihrem Beutel herausgeholt und reichte sie jetzt zu Larry über den Tisch.

„Vielen Dank, dass ich so vieles von Ihnen lernen konnte."

Verwundert nahm Larry die kleine Kugel. Sie war dunkelgrün und glänzte seltsam – wie all die anderen, welche Lily bereits verschenkt hatte.

„Das ist aber nett von dir, danke. Darüber freue

ich mich, denn diese Murmel erinnert mich an meine Kindheit."

Leise fügte er hinzu: „Ich habe auch von dir gelernt, Lily aus dem Niemandsland."

Lily verabschiedete sich mit ihrem strahlenden Lächeln und stand auf.

„Auf Wiedersehen, Larry."

Während Larry auf den Kellner wartete, beschlich sein Herz ein eigentümliches Gefühl. Dass ihn ein kleines Mädchen so sehr zum Nachdenken brachte, war ihm in seinem ganzen Leben noch nicht passiert. Nicht einmal sein Sohn, als er noch jünger gewesen war, hatte das geschafft.

\*\*\*

*„Was ist ein Lebenskünstler?"*

Langsam ging Lily weiter. Sie wollte so rasch wie möglich zu dem Park, aber die Hitze hatte jetzt ihren Höhepunkt erreicht und sie fühlte sich zu matt, um schneller zu laufen. Auf der Straße schoben sich unzählige Autos träge voran, die Luft war erdrückend vor lauter Abgasen und das Atmen fiel ihr schwer. Trotzdem schienen die meisten Menschen irgendwo hinzuhasten. Viele blickten während des Gehens auf ihre Smartphones und Lily wunderte sich, dass die Leute nicht ständig zusammenstießen. Auch im Niemandsland gab es diese kleinen Geräte, aber die Leute beschäftigten sich nicht so viel mit ihnen wie sie das hier taten.

Schließlich erreichte sie den Eingang des Parks und Lily war erleichtert, das lärmende und hektische Treiben zumindest ein wenig hinter sich gelassen zu haben.
Sie spürte, wie ihr Magen knurrte. Nachdem sie nun wusste, dass man in dieser Stadt und in diesem Land nur etwas zu essen bekam, wenn man Geld besaß, versuchte sie das Grummeln und das

damit verbundene Hungergefühl zu ignorieren. Sie war erleichtert und dankbar gewesen, als Elizabeth ihre Limonade gezahlt hatte.

Links von dem Hauptweg, der in den Park führte, stand ein Mann, der Lily sofort in seinen Bann zog. Sein Gesicht war so ähnlich wie das eines Clowns geschminkt und er blies in große Ringe, die scheinbar leer waren, und zauberte riesige Seifenblasen, die in der Hitze fast genauso schnell zerplatzten wie sie entstanden. Ein paar Kinder mit ihren Müttern, aber auch einige Erwachsene, betrachteten fasziniert diese bunt schillernden Blasen, die wie durchsichtige Glaskugeln in Regenbogenfarben einen Moment lang in der Luft schwebten.

Verträumt betrachtete Lily diese willkommene Abwechslung und schließlich kauerte sie sich mit etwas Abstand vor dem jungen Mann auf den Boden. Er hatte schulterlanges dunkelblondes Haar und seine freundlichen braunen Augen in dem weiß geschminkten Gesicht mit den grellroten Backen erinnerten Lily an zwei Schokokugeln.

Der Mann hatte jetzt aufgehört, Seifenblasen in die Luft zu pusten und zog ein gelbes Taschentuch aus seiner Jeans. Die meisten Leute wandten sich nun zum Gehen, eine Mutter mit ihrem kleinen Sohn redete schließlich energisch auf ihn ein, weil er nicht mitkommen wollte.

„Wir müssen nach Hause, Jonathan. Deine Oma wartet dort auf dich, weil ich wieder zur Arbeit muss. Bitte komm jetzt, wir können nicht länger hierbleiben."

Lily sah, wie Jonathan, den sie auf fünf Jahre schätzte, seine Mundwinkel herabzog und zu weinen begann.

„Ich will aber nicht", sagte er trotzig und unter Tränen.

„Es nützt nichts, mein Schatz", erwiderte die Mutter und nahm ihn kurz entschlossen auf den Arm.

Lily seufzte. Die Menschen hier schienen entweder kein Geld zu haben, dafür aber Zeit, oder sie hatten Geld und keine Zeit. Aber vielleicht gab es ja Menschen, die beides besaßen, dachte sie.

Gespannt betrachtete sie den Mann und folgte den Bewegungen, die er mit seinem gelben Taschentuch vollführte. Dabei fiel sein Blick auf Lily, die eine der wenigen war, die ihm noch zusahen.

Er zeigte ihr das Taschentuch von allen Seiten, damit sich Lily überzeugen konnte, dass es nichts verbarg. Dann knüllte er es zwischen seinen Händen zusammen und drehte es einige Male hin und her, bevor er es kurz in die Luft warf.

Er kam ganz nahe zu ihr hin und ging in die Hocke.

Während er das Taschentuch öffnete, sagte er mit einem freundlichen Lächeln: „Die ist für dich."

Lily traute kaum ihren Augen. In dem Taschentuch lag eine orangefarbene kleine Kugel, die zwar anders aussah, als diejenigen in ihrem Beutel, aber ihnen dennoch sehr ähnlich war.

Sie war einen Moment sprachlos und der Zauberer glücklich, dass er sie verzaubert hatte.

„Kommst du auch aus dem Niemandsland?", fragte sie freudig überrascht.

„Aus dem Niemandsland? Nein, da komme ich nicht her. Doch wer weiß? Vielleicht kann ich mich nur nicht mehr daran erinnern", antwortete er und seine Stimme klang dabei freundlich und sanft.

„Das Niemandsland gibt es wirklich", antwortete

Lily ein wenig enttäuscht. Sie hätte es schön gefunden, wenn sie hier jemandem aus ihrer Heimat begegnet wäre. „Ich bin nur einen Tag zu Besuch in dieser großen Stadt."

„Darf ich mich vorstellen, kleines Fräulein?" Der Zauberer hatte sich wieder erhoben und verbeugte sich galant.

Lily musste lachen.

„Mein Name ist Greg, der Gaukler und Zauberer. Und ein Lebenskünstler bin ich auch", fügte er mit einem verschmitzten Grinsen hinzu.

„Ich heiße Lily", sagte sie und stand auch auf. „Es freut mich, Ihre Bekanntschaft zu machen, Greg."

„Hast du Lust auf ein Eis? Komm, ich lade dich ein! Ich wollte sowieso gerade eine kleine Pause machen. Dort drüben steht der Eismann, gleich hinter dem Eingang zum Park."

„Sehr gerne Greg, das ist nett von Ihnen."

Ein Eis würde das Grummeln in ihrem Magen zumindest vorübergehend zum Schweigen bringen.

„Du brauchst mich nicht so förmlich ansprechen, sag einfach ‚du' zu mir", meinte Greg freundlich.

Irgendetwas an diesem Mädchen berührte ihn.

Den ganzen Tag lang blickte er in viele staunende Kinderaugen und kaum etwas machte ihn glücklicher, als wenn er Kinder zum Lächeln brachte. Aber Lily hatte etwas an sich, das sie von anderen Kindern unterschied. Er wusste nur nicht, was es war.

Er packte seine wenigen Habseligkeiten – einen roten Rucksack und eine schwarze Tasche, die großen Plastikringe für die Seifenblasen und eine kleine Blechdose, die so ähnlich aussah wie die von Tom.

Lily hörte das Scheppern der Münzen, als er sie vom Boden aufhob.

‚Selbst das kostet Geld?‘, dachte sie verwundert. Oder war Greg auch ein armer Mann, der nur ein bisschen anders als Tom die Leute um Geld bat und ihnen dafür ein Lächeln ins Gesicht zauberte?

„Welches Eis hättest du gerne?“, fragte Greg, als sie vor dem Eiswagen standen.

Mit leuchtenden und runden Augen betrachtete Lily die bunt gefüllten Behälter und in diesem Moment gab ihr Magen erneut ein lautes Knurren von sich.

„Am besten nimmst du eine große Waffel mit drei Kugeln", meinte Greg entschlossen.

„Wirklich? Kostet das nicht zu viel Geld?"

„Keine Sorge", erwiderte Greg zwinkernd. „Einige Leute waren heute großzügig und ich habe seit heute Morgen schon viel gezaubert."

Lily entschied sich für Schokolade, Erdbeere und Pistazie, während Greg nur eine Kugel Zitroneneis für sich bestellte. Er kaufte noch zwei kleine Flaschen Wasser und bot ihr gleich eine an, als sie sich in die Wiese setzten.

Neben Tom war Greg für Lily der freundlichste Mensch, der ihr an diesem Tag begegnet war. Dankbar blickte sie ihn von der Seite an und schob sich ein großes Stück Eis in den Mund.

„Was ist ein Lebenskünstler?", fragte Lily neugierig.

„Jemand, der kunstvoll durch das Leben stakst", antwortete Greg lächelnd. „Nein", meinte er gleich daraufhin ernst, „so einfach ist die Definition nicht, obwohl man es durchaus so ausdrücken könnte. Weißt du, irgendwie ist jeder Mensch ein Lebenskünstler. Von der Geburt bis zum Tod dreht er sich im Rad des Lebens, mal geht es aufwärts und dann wieder abwärts – wie bei einer Achterbahnfahrt –, die nächste Kurve kommt bestimmt und sehr schnell, genauso wie die rasante Fahrt in den Abgrund. Doch bevor du dich versiehst, erklimmst du schon wieder steile Höhen und der Ausblick von dort oben ist einfach fabelhaft; es hat sich gelohnt! Manchmal gleicht das Leben auch einem träge dahin fließenden Fluss, aber von einem Moment auf den anderen kann er sich in einen reißenden Strom verwandeln und du musst achtgeben, dass du nicht untergehst."

„So wild geht es im Niemandsland nicht zu", meinte Lily.

Greg lachte laut auf. Er hatte ein sympathisches und ansteckendes Lachen, und obwohl Lily ihre Aussage ernst gemeint hatte, stimmte sie mit ein.

Greg lachte so sehr, dass ihm die Tränen über die rot geschminkten Wangen liefen und seine Schminke zu zerfließen begann. Lily fand, dass es unglaublich komisch aussah und lachte noch mehr.

Mit der einen Hand hielt sie sich ihren kleinen

Bauch und mit der anderen deutete sie auf sein Gesicht.

Greg verstand und holte ein großes weißes Papiertuch aus seinem Rucksack, mit dem er sich das Gesicht abwischte. Dazu schnitt er Grimassen und bald tat Lily der Bauch vor lauter Lachen weh.

Ein paar Leute, die an ihnen vorbeigingen, schauten neugierig zu Lily und Greg und der Anblick der beiden brachte sie zum Schmunzeln.

„Wo liegt denn das Niemandsland?", fragte Greg schließlich.

„Ich kann es nicht genau beschreiben", antwortete sie nachdenklich und löffelte weiter an ihrem Eis.

„Aber es ist nicht *so* weit entfernt."

Greg runzelte die Stirn.

Lily sprach mit so viel Ernsthaftigkeit über das Niemandsland, dass es ihm seltsam anmutete.

Bevor er weiter darüber nachdenken konnte, meinte Lily: „Hier in New York müssen viele Menschen Lebenskünstler sein."

„Das stimmt und ich bin einer von ihnen. Es ist die Stadt der großen Träume, die sich erfüllen können, aber auch die Stadt, in der sie wie schillernde Seifenblasen zerplatzen. Ich komme ursprünglich aus Colorado, aus einer kleinen Stadt mit dem Namen Creststone, und bereits als kleiner Junge habe ich von New York geträumt und war mir sicher, dass ich eines Tages hier leben würde. Und nun bin ich dort, wo ich immer sein wollte!", sagte er lächelnd.

Lily blickte ihn an und sah den traurigen Glanz, der bei den letzten Sätzen seine braunen Augen überzogen hatte.

„Aber es kam alles ganz anders", erzählte Greg weiter, als er ihren fragenden Blick bemerkt hatte. „Ich ging auf eine Schauspielschule und meine Eltern unterstützten mich. Doch dann starb meine Mutter und mein Vater verfiel dem Alkohol. Ich kehrte nach Hause zurück und versuchte ihm zu helfen – ich war der einzige Sohn –, doch all meine Bemühungen waren umsonst. Ein Jahr später starb auch er. Das kleine Häuschen, in dem sie gelebt hatten, war noch nicht ganz abbezahlt und so musste ich es verkaufen. Es blieb nicht viel Geld übrig und ich beschloss, erneut nach New York zu gehen. Eine Schauspielschule konnte ich mir nicht mehr leisten. Ich mietete ein winziges Apartment, in dem ich auch heute noch lebe und das nicht viel kostet, und versuchte es mit verschiedenen Jobs. Einmal habe ich sogar bei einer Versicherung gearbeitet, es aber nicht lange ausgehalten. Ich bekam nur Geld, wenn ich eine Versicherung verkauft hatte und es fiel mir schwer, die Menschen von etwas zu überzeugen, von dem ich selbst nicht überzeugt war. Danach habe ich eine Zeit lang Teller gewaschen und Hunde von reichen Damen spazieren geführt. Oh ja", sagte er, als er Lilys erstaunten Gesichtsausdruck sah, „auch damit kann man Geld verdienen und das fiel mir nicht schwer, denn ich liebe Hunde. Hast du auch einen?"

„Nein, aber ich hätte sehr gerne einen", antwortete Lily. „Meine Eltern wollen es jedoch erst erlauben, wenn sie meinen, dass ich mich ausreichend um ihn kümmere."

„Das ist vernünftig", meinte Greg und trank einen großen Schluck Wasser.

„Und seit wann bist du ein Zauberer und Gaukler?", fragte Lily, nachdem sie einige Augenblicke einen dicken schwarzen Käfer im Gras beobachtet hatte.

„Seit gut zwei Jahren. Ich habe schon immer gerne bei Partys von Freunden kleine Tricks vorgeführt oder Dinge gemacht, die sie zum Lachen brachten. Eines Tages, als ich von meiner Arbeit als Tellerwäscher in der U-Bahn nach Hause fuhr, war neben mir ein kleines weinendes Mädchen auf dem Arm ihrer Mutter und ich wollte sie irgendwie trösten. Also führte ich einen kleinen Zaubertrick mit einem Taschentuch vor und schließlich begann sie zu lächeln. Wie habe ich mich darüber gefreut! Und an diesem Tag entstand die Idee in mir, auf öffentlichen Plätzen kleine Vorführungen zu machen. Für mich gibt es kaum etwas Schöneres, als Menschen zum Lachen oder Lächeln zu bringen. Vor allem die Kinder."

Lily hatte Gregs Erzählung aufmerksam zugehört.

„Mein Vater sagt immer, dass der Weg eines jeden Menschen eine ganz bestimmte und ihm zugeordnete Bedeutung in seinem und dem Leben der anderen hat. Oft erschließt sie sich nicht gleich und manchmal braucht es einen Nebenpfad, vielleicht sogar einen scheinbaren Irrweg, der uns dort hinführt, wo wir hingehören. Ich glaube, bei dir war das auch so und es stimmt: Es ist etwas Wunderschönes, Kinder und Erwachsene zum Lachen zu bringen. Gerade hier, in dieser Stadt", fügte sie nachdenklich hinzu.

Wie all die Menschen, mit denen Lily heute gesprochen hatte, war auch Greg über ihre ernsthaften Sätze erstaunt. Sie schien viel älter als zehn Jahre, selbst wenn sie auf den ersten Blick wie andere Mädchen in diesem Alter aussah.

Er wollte etwas entgegnen, aber Lily kam ihm zuvor und fragte: „Und du musst diese Blechdose aufstellen, damit die Leute Geld hineinwerfen, weil du deine Miete und dein Essen sonst nicht bezahlen kannst?"

„Ja", antwortete Greg. „Anders funktioniert das leider nicht. Ich würde es gerne umsonst tun, aber ich muss von etwas leben und dafür braucht es Geld. Viele Freunde halten mich für verrückt und meinen, ich sei ein Narr und sollte mir doch einen anständigen Beruf suchen. Aber lieber bin ich frei, unabhängig und arm, als ein Sklave dieses Geldsystems, das seine Fangarme in fast alle Bereiche des menschlichen Lebens streckt. Warum sollte ich vermeintlichen Werten hinterherrennen, die keine sind und nichts mit dem echten Leben zu tun haben? Mit der Liebe, der Freiheit, dem Glück, auf dieser Welt sein zu dürfen, der Freude am Leben …" Er machte eine kurze Pause und warf einem hübschen Mädchen mit langen dunklen Haaren, das gerade vorbeiging, ein Lächeln zu.

„Ich brauche nicht viel, um zufrieden zu sein, denn die schönsten Dinge im Leben kann man nicht mit Geld bezahlen, und wieso sollte ich eine Arbeit machen, die ich nicht mag, um mir Dinge zu kaufen, auf die ich genauso gut verzichten kann? Warum muss man immer das neueste Smartphone besitzen, die angesagtesten Jeans und ein tolles Auto als Statussymbol? Wozu?"

Greg hielt inne und blickte in Lilys grüne Augen.

„Ich weiß gar nicht, warum ich dir all das erzähle. Du bist ein kleines Mädchen und ich führe ein Gespräch mit dir, wie ich es sonst nur mit gleichaltrigen Freunden tue."

„Ich bin froh, dass du mir all das gesagt hast, denn ich fühle ähnlich wie du, seit ich heute Morgen hier angekommen bin. Diese Stadt ist laut und lärmend, bunt und spannend. Aber wie in einem Musikstück schwingt eine schwermütige Note mit, die alles beeinflusst und zu bestimmen scheint. Ich glaube, dass viele Menschen hier traurig sind. Vielleicht wissen sie es gar nicht, vielleicht denken sie, dass es so sein müsste, sich dauernd Sorgen zu machen, durch den Tag zu hetzen und einer Arbeit nachzugehen, die man eigentlich nicht tun will. Und alles nur deshalb, weil man Geld verdienen muss. Ich weiß, niemand glaubt mir, dass es das Niemandsland, aus dem ich komme, wirklich gibt, aber es existiert tatsächlich. Die Menschen dort sind viel glücklicher als hier; sie arbeiten genauso, aber nicht, um Geld zu verdienen."

Greg staunte über ihre Worte und erwiderte eine Weile nichts.

Sein Blick glitt über den Park, die grünen Wiesen, bunte Blumenbeete und uralte Bäume. Er dachte an seine Heimat, an diese kleine, ruhige Stadt, in der er aufgewachsen war und die malerisch umgeben von mächtigen Bergen lag, die im Herbst wie ein Feuerwerk leuchteten. Und daran, wie sehr ihm die Ruhe und ursprüngliche Natur manchmal fehlten.

Plötzlich spürte er Lilys kleine Finger, die etwas in seine Hand legten.

Es war eine orangefarbene Kugel, so ähnlich wie jene, die er ihr vorhin geschenkt hatte. Und dennoch war sie anders, vor allem durch ihren eigentümlichen Glanz.

„Und die ist für *dich*", meinte Lily mit einem verschmitzten Lächeln. „Es bedeutet mir viel, dass wir uns kennengelernt haben und ich danke dir für deine Freundlichkeit und dass du mir dein Herz geöffnet hast. Und für das leckere Eis und das Wasser."

„Ach Lily", sagte Greg. Tränen liefen erneut über seine Wangen, obwohl er es gar nicht wollte. „Ich danke dir. Diese Welt braucht Kinder wie *dich*, damit sie eine bessere wird. Ich wünschte, es gäbe noch viel mehr Lilys auf dieser Erde."

Lily stand auf und machte einen kleinen Knicks. Ihr Lächeln war wie ein Frühlingswind. „Es hat mich gefreut, deine Bekanntschaft zu machen, Greg, der Gaukler und Zauberer. In dieser Stadt sollte es mehr Zauberer geben und keine Banken, dann wäre sie viel fröhlicher."

Mit diesen Worten wandte sie sich zum Gehen,

doch dann drehte sie sich noch einmal um, lief zu Greg und umarmte ihn.

„Auf Wiedersehen."

„Auf Wiedersehen, kleine Lily", erwiderte Greg, dem die Abschiedsworte nur schwer über die Lippen kamen.

Als er wenig später wieder an seinem Platz stand, um kleine Kunststücke vorzuführen und die Menschen zum Lächeln zu bringen, waren seine Gedanken immer noch bei dem Mädchen aus dem Niemandsland.

***

*Jeder ist einzigartig*

Zielstrebig lief Lily durch den Park und schien genau zu wissen, wohin der Weg führte. In seiner Mitte lag ein großer Spielplatz mit Klettergerüsten, einem kleinen Karussell, Schaukeln und einer Hüpfburg.

Ihre Müdigkeit verflog, als sie das Lachen der anderen Kinder hörte und sie herumtollen sah. Zum ersten Mal an diesem Tag fühlte sie sich wie zu Hause, denn in ihrem kleinen Dorf gab es auch einen Spielplatz, an dem sie sich oft mit ihren Freunden traf.

Wie die meisten Kinder schaukelte Lily für ihr Leben gern. Dann flog ihre Fantasie in den Himmel und sie träumte mit offenen Augen davon, ein Vogel zu sein, der die Welt von oben betrachten konnte, oder stellte sich vor, ganz weit hoch in die Wolken zu schaukeln und sich dort fallen zu lassen. Oft sahen die Wolken wie Zuckerwatte aus und Lily liebte Zuckerwatte über alles. Als sie noch kleiner gewesen war, hatte sie tatsächlich geglaubt, dass sie aus dieser klebrigen Süßigkeit bestünden. Aber dann hatte ihr Vater eines Tages lachend erklärt, wie sie entstehen und warum sie so aussehen.

Lily setzte sich auf eine freie Schaukel und schob sie langsam mit ihren kleinen Füßen an, die in lilafarbenen Sommersandalen steckten. Ein leichter Luftzug streifte sie durch die Bewegung und verschaffte ein bisschen Erleichterung von der Hitze. Sie blickte nach oben in den Himmel, der sich über die Wolkenkratzer von New York spannte und vergaß für einige Augenblicke das lärmende Treiben um sich herum. Lily stellte sich vor, dass sie auf der Schaukel nach Hause fliegen würde und direkt in die Arme ihrer Eltern. Wie sie sich auf das Wiedersehen freute! Dieser Tag in dieser fremden Stadt kam ihr wie zehn Tage vor – als ob sie bereits seit Ewigkeiten von Zuhause weg wäre.

Nach einer Weile fiel ihr Blick plötzlich auf ein Mädchen, das etwas abseits auf einer Parkbank saß und ungefähr in ihrem Alter sein musste. Sie hatte blonde Haare, die zu einem Pferdeschwanz gebunden waren, und trug ein rotes Sommerkleid. Lily wunderte sich, dass sie alleine dort saß und nicht mit einer Freundin oder anderen Kindern spielte.

Als die Schaukel langsamer wurde, weil Lily nicht mehr mit ihren Bewegungen mitschwang, sprang sie mit einem großen Satz herunter und näherte sich dem Mädchen.

„Darf ich mich zu dir setzen?", fragte Lily freundlich.

Statt einer Antwort nickte das Mädchen nur und würdigte Lily keines Blickes.

„Danke", erwiderte Lily höflich. „Es ist so heiß heute, oder?"

Das andere Mädchen nickte wieder.

„Ich heiße übrigens Lily", sagte sie und rückte ein Stückchen näher.

Sie bekam erneut keine Antwort und fragte sich, was das Mädchen bedrückte. Vielleicht hatte sie sich mit ihrer besten Freundin gestritten? So etwas kam ja vor; auch mit ihrer Freundin Veilchen passierte das ab und zu. Und Lily wusste nur zu gut, wie elend man sich fühlte, wenn man mit seiner allerbesten Freundin stritt.

Sie überlegte, was sie noch sagen oder tun könnte,

um das Mädchen aufzuheitern.

„Ich heiße Dorothy", antwortete sie plötzlich und sah Lily kurz von der Seite an.

Lily war erleichtert, denn das Eis schien gebrochen.

„Wie alt bist du?", fragte sie.

„Zehn Jahre, und du?"

„Wir sind fast gleich alt!", meinte Lily freudestrahlend.

Dorothys Mundwinkel schoben sich ein klein wenig nach oben.

„Sag", setzte Lily an, „du scheinst traurig zu sein. Hast du Ärger? Vielleicht mit deiner Freundin?"

„Nein", antwortete Dorothy. „Ich habe keinen Streit mit einer Freundin, sondern eine schlechte Note in der Schule bekommen. Jetzt muss ich bald nach Hause und habe Angst, dass mich mein Vater wieder schimpft. Bestimmt wird er das tun", setzte sie hinzu und seufzte. „Ansonsten bin ich eine gute Schülerin, aber Mathe ist ein Fach, das ich nicht mag. Ich verstehe vieles einfach gar nicht, egal wie sehr ich mich anstrenge."

Dorothy blickte sie das erste Mal richtig an und Lily sah den Kummer in ihren großen blauen

Augen.

„Das tut mir echt leid", erwiderte sie und überlegte einen Moment.

„Was sind Noten?", fragte sie. „Ist das so etwas wie eine Einschätzung von dem, was du gut oder weniger gut kannst?"

Dorothy blickte sie leicht verwundert an.

„Du weißt nicht, was Noten sind? Gehst du nicht in die Schule?"

„Doch, natürlich. Aber dort, wo ich herkomme, gibt es keine Noten."

„Woher kommst du denn?", fragte Dorothy erstaunt.

„Aus dem Niemandsland", antwortete Lily, wie bereits so oft an diesem Tag.

Dorothy runzelte die Stirn. „Davon habe ich noch nie gehört. Und da gibt es keine Noten?"

„Nein", erwiderte Lily schlicht.

„Auch hier gibt es ein paar solcher Schulen", sagte Dorothy. „Mein Vater meint, dass sie nichts taugen, weil die Kinder nicht genug lernen würden und sich ohne Noten nicht wirklich anstrengen. Und dass sie wenig Chancen haben, später einen guten Job zu finden."

Lily schüttelte den Kopf und blies sich durch den Mund etwas Luft ins Gesicht.

„Wir lernen von allem etwas", sagte sie. „Aber wenn einem Schüler ein Fach nicht so liegt, ist das nicht weiter schlimm. In unseren Schulen wird vor allem darauf geachtet, dass bestimmte Fähigkeiten gefördert werden. Jeder kann doch irgendetwas besonders gut, oder?" Lily zwinkerte Dorothy zu und sagte lächelnd: „Ich mag auch keine Mathe, weil ich vieles nicht verstehe. Aber ich bin gut in Handarbeiten und schnitze gerne Sachen aus Holz. Mein Vater meint, dass ich sehr begabt bin."

„Kannst du damit später genug Geld verdienen?"

Lily setzte sich im Schneidersitz auf die Bank und schaute Dorothy geradewegs an.

„Im Niemandsland gibt es kein Geld. Jeder tut das, was er am besten kann und darüber hinaus etwas für die Gemeinschaft."

„Bei euch gibt es kein Geld?", fragte Dorothy ungläubig.

„Nein", erwiderte Lily selbstverständlich.

„Das ist seltsam. Wie soll man sich denn all die Dinge kaufen, die man braucht oder sich wünscht?"

„Bei uns kostet nichts Geld, weil es nicht existiert. Auch keine Dinge, die man sich wünscht. Als ich kleiner war, hat meine Mutter viele Spielsachen für mich selbst gemacht – Puppen oder kleine Stofftiere. Und mein Vater hat Holzfiguren geschnitzt, mit denen ich spielen konnte. Aber manchmal haben mir meine Eltern auch etwas aus einem Laden mitgebracht."

„Und sie haben nichts dafür bezahlt? Aber wer macht denn diese Spielsachen?", fragte Dorothy verwundert. Sie konnte sich das nicht vorstellen und überhaupt erschien ihr Lily immer merkwürdiger. Dorothy fand sie nett und war froh, dass sie durch das Gespräch abgelenkt war und nicht dauernd daran denken musste, wie ihr Vater auf die schlechte Note reagieren würde. Aber irgendwie war Lily seltsam. Das Niemandsland? Das gab es doch nur in der Geschichte von Peter Pan! Wahrscheinlich hatte sich Lily alles nur ausgedacht und wollte sie damit beeindrucken.

Lily entging nicht, dass Dorothy ihre Augenbrauen zusammenzog und ihr einen fragenden Blick zuwarf.

Die Sonne verschwand jetzt hinter ein paar aufkommenden Wolken und ein leichter Wind bewegte die Blätter der Bäume. Das Lärmen der Kinder auf dem Spielplatz war leiser geworden; einige hatten sich bereits mit ihren Müttern oder Vätern auf den Weg nach Hause gemacht.

„Diejenigen, die Spielsachen für Kinder herstellen, tun das gerne", antwortete Lily. „Es macht ihnen Spaß, sich auszudenken, woran Kinder Freude haben könnten. Sie brauchen kein Geld, weil im Niemandsland niemand Geld benötigt. Jeder hat alles, was er benötigt und ist zufrieden. Und weil die Menschen zufrieden und glücklich über das sind, was ihnen Freude bereitet, möchten sie auch nicht mehr haben oder besser sein, als jemand anderer."

Lily machte eine kleine Pause, bevor sie weitersprach.

„Ich bin seit heute Morgen in New York zu Besuch und vieles verstehe ich nicht", sagte sie und blickte Dorothy dabei fest in die Augen. „Die meisten Menschen hier scheinen nicht wirklich glücklich zu sein und auch du bist gerade betrübt. Du fürchtest dich davor, nach Hause zu kommen, weil du eine schlechte Note in einem Fach erhalten hast, das dir einfach nicht liegt. Deinen Mitschülern geht es bestimmt ähnlich. Und ihr seid wahrscheinlich oft traurig oder neidisch, weil ein anderer eine bessere Note erhalten hat, oder?"

Dorothy nickte und rutschte unbehaglich auf der Bank hin und her.

„In meiner Klasse gibt es das nicht", erzählte Lily weiter. „Niemand unter uns Schülern möchte oder muss besser sein als ein anderer. Es gibt keinen Druck von Lehrern oder Eltern, nur weil man in einem Fach nicht gut ist. Und wenn jemand etwas nicht versteht, helfen ihm die anderen. Wir schätzen uns gegenseitig und freuen uns über die besonderen Fähigkeiten, die der andere besitzt. *Irgendetwas* kann jeder gut", meinte Lily und strahlte dabei so sehr, dass Dorothy unwillkürlich lächeln musste und ihr leichter ums Herz wurde.

„Das stimmt", sagte sie. „Tatsächlich ist es bei uns so, dass die Klassenbesten die Lieblinge der Lehrer sind und von den anderen Kindern beneidet werden." Sie stieß einen kleinen Seufzer aus. „Ich mag am liebsten Englisch und Französisch, diese zwei Fächer machen mir besonders Spaß. Und

Musik", fügte Dorothy hinzu.

„Ich mag den Musikunterricht auch sehr."

Lily zog jetzt ihren kleinen Beutel hervor, der bereits fast leer war. Neugierig sah Dorothy, wie eine kleine Kugel in leuchtendem Rot zum Vorschein kam.

„Die ist für dich", sagte Lily. „Es hat mich gefreut, dass wir uns kennengelernt haben."

Das erste Mal, seit sich Lily zu ihr auf die Bank gesetzt hatte, lächelte Dorothy über das ganze Gesicht.

„Ist die schön!", rief sie. „Rot ist meine Lieblingsfarbe! Ich habe noch nie so eine tolle glänzende Murmel gesehen. Die leuchtet ja richtig. Danke!"

„Gern geschehen", antwortete Lily und freute sich, dass Dorothy die Kugel so gut gefiel. „Und hab keine Angst vor schlechten Noten. Bestimmt haben sich das die Erwachsenen in eurem Land mal so ausgedacht. Denk immer daran, was du besonders gut kannst. Und wenn ein anderer etwas besser kann, dann freu dich einfach für ihn und vergleiche dich nicht. Jeder ist einzigartig – so, wie er ist."

Dorothy stand auf und verabschiedete sich.

„Auf Wiedersehen. Vielleicht treffen wir uns ja mal wieder? Bleibst du noch länger hier?"

„Nein", entgegnete Lily. „Heute Abend kehre ich zurück nach Hause."

„Schade", meinte Dorothy enttäuscht. „Mach es gut!"

„Du auch!"

Lily winkte ihr zu, als sich Dorothy auf der anderen Seite des Spielplatzes noch einmal umdrehte.

\*\*\*

*Mia*

Es war jetzt bereits spät am Nachmittag und nachdenklich blieb Lily auf der Bank sitzen. Sie freute
sich über das Zwitschern der Vögel und beobachtete ein Eichhörnchen, das auf dem Kastanien-
baum ein Stückchen weiter links rauf und runter
kletterte. Nach einer Weile schweifte ihr Blick von
dem Eichhörnchen zu einer Gruppe von kleineren
Kindern, die im Sand spielten.

Von allem, was es in dieser Stadt gab und was
man auf den ersten Blick sah, unterschied sich das
Niemandsland nicht wesentlich, dachte Lily. Es
gab Spielplätze, Parks, Restaurants und Geschäfte.
Die Menschen arbeiteten, Eltern gingen mit ihren
Kindern spazieren oder holten sie von der Schule
ab. Und doch war das Niemandsland ganz anders
– so als würde es in einem sanften, friedlichen
Licht strahlen. Niemand hastete durch den Tag
und musste sich Sorgen machen, ob das Essen
oder die Wohnung bezahlt werden konnte. Natürlich hatten die Menschen im Niemandsland auch
ihre Probleme und ihren Kummer. Sie stritten mal
miteinander, waren sich uneinig, sie wurden krank

oder waren in Trauer, wenn ein geliebter Mensch fortging oder starb.

Auch sie selbst war nicht immer nur glücklich. Es gab Tage, die waren irgendwie grau und Tage, an denen sie keine Lust hatte, in die Schule zu gehen. Aber sie fühlte sich immer geborgen, sie hatte keine Angst vor schlechten Noten oder musste sich jetzt schon den Kopf zerbrechen, was sie einmal arbeiten würde, wenn sie groß war. „Das wird sich schon zur rechten Zeit finden", meinte ihr Vater immer, wenn sie sich laut darüber Gedanken machte.

„Du siehst nachdenklich aus, kleines Fräulein", sagte eine leise Stimme.

Lily blickte hoch und in das freundliche Gesicht einer alten Dame mit vielen Falten und schneeweißem Haar.

„Darf ich mich zu dir setzen?"

„Aber natürlich", erwiderte Lily schnell und fasste sofort Vertrauen zu der alten Frau.

„Ich heiße Mia", stellte sie sich vor und reichte Lily dabei ihre zarte weiße Hand mit durchscheinenden blauen Adern.

„Und mein Name ist Lily."

„Das ist ein schöner Name", sagte Mia und betrachtete Lily einen Moment lang aufmerksam und freundlich. Ihre braunen Augen waren sanft und wachsam zugleich; sie erinnerten Lily an die eines Rehes.

„Was für ein heißer Tag das heute wieder war! Den ganzen Tag bin ich zu Hause geblieben, eine alte Frau wie ich kann bei dieser Hitze einfach nicht hinaus. Erst jetzt wird es ein wenig besser. Und es ziehen Wolken auf", meinte sie und blickte prüfend zum Himmel. „Es wäre gut, wenn es regnen und etwas kühler werden würde."

„Ja", meinte Lily, „es war wirklich sehr heiß heute."

„Du bist nicht aus New York, oder?"

„Sieht man mir das an?", fragte Lily erstaunt.

„Nun ja, ich höre es vor allem", erwiderte Mia und dabei vertieften sich die vielen Fältchen um ihre Augen. „Woher kommst du?"

„Aus dem Niemandsland."

Mia lächelte. Es war ein stilles, wohlwollendes Lächeln und zum ersten Mal an diesem Tag, hatte Lily das Gefühl, dass sie jemand ernst nahm, auch wenn die alte Dame nichts entgegnete. Sie sah Lily versonnen an und ihr sanfter Blick schien dabei in weite Fernen zu gleiten.

„Und wie gefällt es dir hier in New York?", fragte sie nach einer Weile.

„Ich weiß nicht so recht", antwortete Lily aufrichtig. „Ich bin erst seit Kurzem hier, aber ich habe mit vielen Leuten gesprochen und vieles beobachtet. Im Niemandsland gefällt es mir besser. Die meisten Menschen hier scheinen nicht glücklich zu sein. Sie eilen durch den Tag, haben viele Sorgen oder Angst vor der Zukunft. Ständig müssen sie daran denken, Geld zu verdienen. Wenn sie krank sind und ihre Arbeit verlieren und dann niemanden haben, der sich um sie kümmert, leben sie auf der Straße. Ich habe den Eindruck, dass sich in dieser Stadt fast alles um Geld dreht – es ist wie eine unsichtbare Macht, die das Leben hier bestimmt."

Sie hielt inne und streckte ihre Beine aus.

Mia hatte Lily aufmerksam zugehört und betrachtete eine Amsel, die nicht weit von der Bank entfernt auf der Suche nach etwas Essbarem im Gras herumhüpfte.

„Nicht nur in dieser Stadt, Lily", sagte Mia, „auf der ganzen Welt. Du hast recht, es ist tragisch, was das Geld mit den Menschen anrichtet. Doch sie waren es, die ihm im Laufe der Zeit immer mehr Macht verliehen haben und so wurde es zu einer Art eigenständigem Wesen, das Macht über die Menschen erlangte. Es lässt sie nachts nicht schlafen, ganz gleich, ob sie es besitzen oder nicht. Wer viel davon hat, macht sich Sorgen, dass er es verlieren könnte und wer wenig oder gar keines hat, zermürbt sich den Kopf, wie er zu Geld gelangen könnte. Und wie ein Blasebalg entfacht es die Gier vieler Leute, noch mehr von diesem und jenem zu haben oder den Wunsch, das zu besitzen, was sich nur eine kleine Oberschicht leisten kann. Eine Luxusjacht, einen Sportwagen, teure Kleidung und Urlaub, wo und wann man es möchte."

Mia machte eine kurze Pause und blickte nachdenklich in den Himmel. Auch Lily schwieg und dachte über das nach, was Mia gesagt hatte.

Langsam verfärbte sich der Himmel mit rötlichem Glanz, doch es war immer noch sehr warm und die

Wolken waren zu wenige, um den ersehnten Regen zu bringen.

„Dann ist das Problem nicht so sehr das Geld an sich, sondern dass es Menschen gibt, die mehr haben wollen als andere?", fragte Lily nach einer Weile und blickte Mia von der Seite an.

„Ganz so einfach ist es nicht", meinte Mia und strich sich mit den Händen über ihr weißes Haar. „Es ist natürlich ein Teil des Problems, doch es gibt Leute, die machen sich nichts aus Geld oder kleine Volksstämme, die in den Tiefen des Amazonas leben und nichts von ihm wissen und es schlichtweg nicht brauchen. So wie im Niemandsland", fügte sie hinzu und blickte Lily liebevoll an. „Aber jemand, der in dieser Stadt lebt und weiß, dass andere Werte oder Dinge viel wichtiger sind, muss sich trotzdem der Herrschaft des Geldes beugen und arbeiten, um es zu verdienen. Es gibt Menschen, die *leben* gar nicht mehr richtig, sie spüren nicht mehr, was ihnen gut tut, weil sie der Kampf um die Existenz regelrecht auffrisst. Und viele junge Menschen richten ihr Leben nur noch danach aus, in welchem Beruf sie eines Tages viel Geld verdienen können."

„Aber warum wird denn ein System aufrechterhalten, in dem die Menschen leiden und unglücklich sind? Ich verstehe das nicht", fragte Lily verständnislos.

Mia strich ihr über die Wange und sah den ratlosen Ausdruck in Lilys klaren Augen.

„Es ist nicht zu verstehen – wenn man tiefer gehend darüber nachdenkt. Aber keiner der Menschen, die ein Vielfaches mehr an Geld besitzen als sich die meisten Leute überhaupt vorstellen können, will das. Diese Menschen möchten, dass es so bleibt. Diejenigen, die es ganz bequem haben und sich keine Sorgen machen brauchen, tun es auch nicht, denn wozu denn? Und all die anderen – und das sind die meisten – haben keine Wahl; sie müssen mitspielen, sonst fliegen sie vom Spielfeld und landen auf der Straße. Wirklich", meinte sie kopfschüttelnd und mehr zu sich selbst gewandt, „das Geld ist eine Fata Morgana. Eigentlich existiert es nicht einmal und ist mittlerweile zu virtuellen Zahlen geworden."

Lily dachte an Tom, und auch an Greg. Zwei Menschen, die sie heute ganz besonders in ihr Herz geschlossen hatte.

Mia räusperte sich. „Weißt du, ich hatte Glück. Meine Eltern haben mir etwas Geld hinterlassen, und auch mein verstorbener Mann. Über viele Jahre hatten wir ein Bekleidungsgeschäft in Greenwich Village, das lange Zeit sehr gut lief. Als wir schon älter waren und es verkauften, brachte es uns so viel, dass wir davon leben konnten. Ich bin nicht reich und lebe bescheiden, aber es geht mir besser als vielen Menschen in dieser Stadt …“

Abrupt brach sie ab und Lily spürte plötzlich einen kalten Hauch. Verwundert blickte sie zu Mia und sah, dass sich ihre Augenbrauen schmerzlich zusammengezogen hatten.

„Es tut mir leid, dass ihr Mann gestorben ist“, sagte Lily teilnahmsvoll.

Mia blickte zu Lily und ihre Augen glänzten traurig.

„Das ist lieb von dir, aber deshalb bin ich gerade nicht traurig. Es ist viele Jahre her, seit mein Mann fortgegangen ist und bestimmt vergeht kein Tag, an dem ich nicht in Liebe an ihn denke. Doch gerade habe ich an etwas anderes gedacht. Weißt du, es ist nicht nur die Macht des Geldes, die viel Unheil auf der Welt anrichtet. Die meisten der großen Religionen haben Schreckliches angerichtet. Diejenigen, die sich zu ihren Anführern auserkoren hatten, hielten die Menschen in Angst und Schrecken und eigentlich ist es noch immer so. Natürlich haben sich bestimmte Religionen im Laufe der Geschichte gewandelt oder sind im Wandel begriffen, aber ihnen allen ist gemeinsam, dass sie Macht über den Menschen ausüben. Doch den einzelnen Menschen, auf die sie zurückgeführt werden, ging es nicht darum. Sie wollten den anderen Menschen Glauben, Trost und Kraft schenken und diese Welt ein Stückchen besser machen." Unwillkürlich musste Lily an Schwester Beatrice denken.

„Im Niemandsland gibt es keinen Gott", sagte Lily. „Wir glauben an eine Kraft, die alles erschaffen hat und in allem ist, aber sie hat keinen Namen." Mia lächelte und nickte.

„Das ist schön." Ihr Lächeln verschwand, als sie weitersprach. „Ich bin Jüdin, Lily. Das Judentum ist auch eine Religion, eine der ältesten. Als ich noch ein junges Mädchen war, habe ich in einem Land gelebt, das sehr weit weg von hier liegt – Deutschland."

Mias Augen verdunkelten sich.

„Meine Familie lebte schon lange dort und wir fühlten uns als Deutsche, aber unser religiöser Glaube war das Judentum. Viele von uns waren reich, aber das hatte seinen Grund. Über viele Jahrhunderte hinweg wurden wir verfolgt und durften nur wenige Berufe ausüben. Einer davon war der Geldverleih. Deshalb arbeiteten viele Juden in Banken oder gründeten solche. Das wurde uns zum Verhängnis. Derjenige, der damals die politische Macht ergriff, meinte, dass wir Schuld daran trügen, dass es den Deutschen schlecht ging. Das war zumindest einer der Gründe. Wir wurden ausgegrenzt, enteignet und schließlich verfolgt. Viele flohen, aber viele blieben auch, weil sie glaubten, dass es wieder besser werden würde."

Mia stockte. Wie sollte sie diesem kleinen Mädchen erklären, was damals vorgefallen war? Und sollte sie es ihm überhaupt erzählen?

Plötzlich spürte sie Lilys kleine Hand auf ihrem Arm.

„Es ist gut", sagte Lily, „Sie können es mir ruhig sagen."

Mia schluckte ein paar Mal, bevor sie weitersprach.

„Meine Eltern sind mit mir und meinem jüngeren Bruder nach Amerika geflohen. Meine ältere Schwester war bereits verheiratet und hatte einen kleinen Sohn. Sie wollte nicht fortgehen – sie sagte, es sei ihre Heimat und ihr Mann war ein angesehener Arzt, dem sein Beruf eine Berufung war. Anfangs schrieb sie noch lange Briefe, aber eines Tages, nachdem wir uns Sorgen gemacht hatten, weil wir länger nichts mehr von ihr gehört hatten, erhielten wir von einem Nachbarn die Nachricht, dass meine Schwester, ihr Mann und ihr Sohn über Nacht verschwunden seien."

Sie begann zu weinen.

„Sehr viel später haben wir erfahren, dass alle drei umgebracht worden sind. Konzentrationslager hießen die Orte, an denen das unaussprechliche Grauen geschah. Sechs Millionen von uns sind dabei ums Leben gekommen und unzählige andere; Zigeuner oder auch Menschen mit Behinderungen. Und all das geschah aus kaltblütiger und grausamster Verblendung, dass bestimmte Menschen besser und andere weniger oder nichts wert

seien und unsere Religion verachtungswürdig. Und um des Geldes willen, denn jeder Krieg wird auch wegen Geld und Macht geführt. Alle Kriege sind furchtbar und ein Verbrechen gegen die Menschlichkeit, ganz gleich in welchem Land und warum sie geführt werden, doch dieser eine …"
Sie brach ab und konnte nicht mehr weitersprechen. Lily hatte sich dicht neben sie gesetzt und strich ihr immer wieder über den Arm.

Langsam beruhigte sich Mia und zog ein Taschentuch hervor. Sie schnäuzte einige Male gründlich, fuhr sich mit den Händen über das Gesicht und schüttelte den Kopf.
„Es tut mir leid, dass ich dir all das erzählt habe. Ein Mädchen in deinem Alter sollte so etwas Schreckliches gar nicht wissen."
„Es ist gut", sagte Lily leise.
Ganz langsam nahm sie ihre Hand von Mias Arm und holte die letzte Kugel aus ihrem kleinen Beutel hervor. Sie war kristallklar und strahlte sanft.
„Die ist für Sie. Ich danke Ihnen, dass Sie mir so vieles erzählt und Ihr Herz geöffnet haben."
„Lily …", sagte Mia stockend und ihre Augen

begannen erneut zu glänzen. „Ich muss mich bei *dir* bedanken. Lange schon habe ich nicht mehr über den Kummer in meiner Seele gesprochen."

Mit einem liebevollen Lächeln strich sie Lily mit der rechten Hand über die Wange und wieder schien ihr Blick in weite Ferne zu gleiten.

„Ich glaube, das Niemandsland ist das Land der Zukunft", sagte sie schließlich. „Eine Welt der Freiheit und Brüderlichkeit, von der die Menschheit seit Urzeiten träumt. Auch ich denke manchmal daran, wie es sein könnte, wenn dieser Traum in Erfüllung geht und die Menschen untereinander in Frieden leben – auch mit den Tieren und der Erde selbst. Diese Welt ist so wunderschön und einzigartig; sie ist ein zärtlich gezeichnetes Kunstwerk, die größte Kostbarkeit, die es gibt. Doch selbst sie wird für Geld ausgeraubt und zerstört. Nein", sagte sie kopfschüttelnd, „es steht nicht gut um diese Welt. Aber Menschenkinder wie du, ihr seid die Hoffnung einer Neuen Zeit, die kommen wird. Sie muss …!", setzte sie mit Nachdruck hinzu und erhob sich langsam von der Bank.

Lily hatte Mia mit einem Leuchten in ihren Augen

zugehört.

Sie reichte Mia die Hand und strahlte dabei ihr unvergleichliches Lächeln.

„Im Niemandsland glauben wir daran, dass Träume die Wirklichkeit erschaffen", meinte sie. „Auf Wiedersehen."

„Auf Wiedersehen, Lily."

Als sie an dem Spielplatz vorbeigelaufen war und sich wieder auf dem Hauptweg befand, wandte sich Mia noch einmal um.

Doch Lily, das Mädchen aus dem Niemandsland, war bereits verschwunden. Mit Freude und Wehmut zugleich in ihrem Herzen ging Mia nach Hause.

\*\*\*

*Träume*

Entschlossen lief Lily den ganzen Weg zurück, den sie seit heute Morgen gegangen war.

Die Sonne war noch nicht ganz verschwunden, aber die ersten bunten Neonlichter der vielen Geschäfte, Bars oder Restaurants begannen bereits zu leuchten und überall herrschte reges Treiben. Die Straßen mit den vielen Autos schienen noch verstopfter als zur Mittagszeit und die Menschen strömten ungeduldig aus den Büros, um schnell nach Hause zu gelangen.

Lily beschleunigte ihre kleinen Schritte, obwohl ihr die Füße vom vielen Laufen heute wehtaten und auf ihrer Stirn bildeten sich kleine Schweißperlen, denn es war noch immer sehr warm. Schließlich kam sie außer Atem zur Kreuzung an der großen Einkaufsstraße und verschnaufte einen Moment. Als die Fußgängerampel auf Grün schaltete, rannte eine Frau an ihr vorbei und rempelte sie dabei so heftig an, dass sie fast hinfiel.

„Passen Sie doch besser auf", rief ihr ein junger dunkelhäutiger Mann hinterher, der das Ganze beobachtet hatte.

„Ist alles okay?", fragte er Lily freundlich im Vorbeigehen.

Sie nickte ihm dankbar zu und war erleichtert, als sie auf der anderen Seite der Straße ankam. Sie bog nach links ab und nach ungefähr fünf Minuten erreichte sie den Durchgang, an dem sie heute Morgen mit Tom gesessen hatte.

Enttäuschung breitete sich in ihr aus, denn Tom war nicht da. Aber seine graue Decke lag noch dort und auch die Blechdose und das Schild.

Erschöpft ließ sich Lily auf der Decke nieder und bemerkte, dass weiter hinten im Durchgang ein paar Tüten und Taschen standen, die sicherlich Tom gehörten.

‚Wahrscheinlich kommt er gleich wieder', überlegte sie und war froh, dass sie wieder sitzen konnte. Sie machte es sich im Schneidersitz halbwegs bequem, schloss die Augen und lehnte sich links an die Hausmauer des Durchgangs.

Es dauerte nicht lange und Lily hörte das Scheppern von Münzen. Erstaunt öffnete sie kurz die Augen und sah jetzt eine ältere Frau, die sie mitleidsvoll anblickte und eine silberne Münze in die Dose warf.

‚Tom wird sich freuen', dachte sie und lächelte die Frau dankbar an.

Lily war so müde, dass sie schließlich in einen leichten Schlaf fiel. Das Lärmen um sie herum, die hupenden Autos und vorbei hastenden Menschen schienen immer weiter wegzugleiten und Lily begann zu träumen.

Sie sah den Bäcker, der ihr heute Morgen den Donut geschenkt hatte, und wie er sein Geschäft zusperrte. Er vergewisserte sich mehrmals, dass die Eingangstür auch wirklich abgeschlossen war, und klebte ein großes Schild daran. „Wegen Urlaub eine Woche geschlossen – auch Bäcker brauchen eine Pause", stand dort in großen Buchstaben.

Lily erblickte Tom in einem Laden und sah, wie ihm der Inhaber einen Umschlag reichte. Tom öffnete ihn, las den Brief, der darin enthalten war und Freudentränen liefen über sein Gesicht. Im Traum fragte sich Lily, was wohl in dem Brief stand, aber Tom würde es ihr sicherlich gleich erzählen, wenn er wiederkam.

Von einem Moment auf den nächsten sah sie

Schwester Beatrice auf der Bank vor der Kirche sitzen. Sie trug noch immer ihr schwarzes Gewand, aber etwas in ihrem Gesichtsausdruck hatte sich verändert. Ihre Züge waren weicher geworden; nicht mehr so angestrengt, und verträumt blickte sie mit einem Lächeln auf den Platz vor der Kirche. In ihrer rechten Hand hielt sie die rosafarbene Kugel und Lily sah das sanfte Licht, welches von ihr ausging und das Leuchten in den Augen von Schwester Beatrice.

Plötzlich schob sich ein anderes Bild in ihre Träume: Elizabeth stand vor einem großen Gebäude und ein Mädchen lief auf sie zu. Lily wusste sofort, dass es Annabelle war, denn sie sah ihrer Mutter sehr ähnlich. Freudestrahlend umarmten sich die beiden und Elizabeth sagte: „Ich freue mich, dass du wieder nach Hause kommst."

Dann sah sie einen grauen Wolkenkratzer und kurz darauf Larry, den freundlichen Banker, der gerade mit einem anderen Mann sprach. „Nein", meinte er höflich, aber bestimmt, „ich brauche meine Kündigung nicht zu überdenken." „Was werden Sie tun?", fragte der Mann, der eine schwarz umrahmte Brille mit dicken Gläsern trug.

„Ich werde eine Stiftung gründen", antwortete Larry, „die Familien hilft, die in Not geraten sind. Davon gibt es viel zu viele in dieser Stadt."

Während sie träumte, lächelte Lily immer wieder. Es war ein zutiefst glückliches Lächeln, denn sie freute sich von ganzem Herzen. Sie hörte nicht, wie sich Toms Blechdose immer mehr füllte und genauso wenig sah sie die traurigen Blicke der Menschen, die vorbeiliefen. Sie wusste nicht, was sie zueinander sprachen, sie konnte nicht ahnen, welche Gedanken sie hatten, als sie das Mädchen auf der alten grauen Decke sahen, von dem alle glaubten, dass sie die Tochter des Bettlers sei.

„So weit ist es schon gekommen in dieser Stadt", meinte ein Mann zu einer Frau, die auch stehengeblieben war, und stopfte zehn Dollar in die Dose. „Von anderen Vierteln ist man es gewohnt, aber hier? Wirklich, irgendetwas läuft grundverkehrt auf dieser Welt, wenn so viele Menschen in Armut leben müssen."

Lily träumte indessen weiter, denn Tom war noch immer nicht zurückgekehrt.

Ihr Herz hüpfte vor Freude, als sie Greg mit dem

dunkelhaarigen Mädchen durch den Park laufen sah, dem er heute Nachmittag zugelächelt hatte, als sie beide auf der Wiese gesessen hatten. Er strahlte bis über beide Ohren und schließlich griff er nach der Hand des Mädchens. Lily war glücklich, denn sie hatte gespürt, dass Greg einsam war und sich nach Liebe sehnte. Jetzt zog er die Kugel aus der Tasche, die Lily ihm geschenkt hatte, und zeigte sie dem Mädchen. Lily sah ihren Glanz und das leuchtende Band der Liebe, das zwischen diesen zwei Menschen entstand.

Dann schob sich ein Bild von Dorothy vor das von Greg. Sie saß zu Hause am Tisch mit ihren Eltern und Lily hörte, wie sie zerknirscht zu ihrem Vater sagte: „Es tut mir leid, dass ich wieder eine schlechte Note in Mathe geschrieben habe." In ihrer linken Hand hielt sie die rote Kugel umklammert und Lily sah den erstaunten Ausdruck in ihren Augen, als ihr Vater liebevoll über ihre rechte Wange strich und lächelnd meinte: „Nun ja, wir müssen uns eben damit abfinden, dass wir keinen Einstein in der Familie haben, aber dafür hast du ja andere Begabungen."

Schließlich sah sie Mia in einem großen Sessel vor

einem Fenster ihrer Wohnung sitzen. Ihre zarten feinen Hände lagen ineinander verschränkt in ihrem Schoß und sie hielt die Augen geschlossen. Hin und wieder umspielte ein Lächeln ihre schmalen Lippen und ihre Lider zuckten ein wenig. Neben ihr, auf einem kleinen Beistelltisch, lag die kristallklare Kugel. Lily wusste, dass Mia vom Niemandsland träumte und sich vorstellte, wie es sein könnte, wenn es auch in dieser Stadt zur Wirklichkeit werden würde. Sie spürte, dass Mia von ganzem Herzen hoffte und zu glauben versuchte, dass sich dieser Traum eines Tages erfüllen werde.

Seit ein paar Minuten stand Tom vor dem Durchgang und sein Blick wanderte immer wieder erstaunt von Lily zu der mit Münzen und Scheinen gefüllten Blechdose und den Menschen, die stehenblieben.

Schließlich setzte er sich zu ihr auf die Decke und berührte sie sachte am Arm.

„Tom!", murmelte Lily mit einem verschlafenen Lächeln.

Sie rieb sich die Augen. „Wo warst du? In meinem

Traum habe ich dich in einem Geschäft gesehen und du hast einen Brief in den Händen gehalten."

„Tatsächlich?", meinte er verwundert. „Es stimmt, was du geträumt hast! Stell dir vor, mein Bruder hat mir aus Italien ein Telegramm geschickt. Er möchte, dass ich zu ihm komme, und wird ein Flugticket für mich buchen. Schau, hier ist es", sagte er und zog ein gefaltetes Stück Papier aus der Tasche. „Er meint, dass ich bei seiner Familie leben kann und alle damit einverstanden wären. Ich bin überglücklich, Lily! Und so froh, dass du noch einmal gekommen bist, damit ich es dir erzählen kann. Es ist wie ein Wunder für mich! Mein Bruder und ich haben uns immer gut verstanden, aber er lebt schon lange in Italien und die Entfernung schafft oft eine Distanz zwischen zwei Menschen. Das hat mich in den letzten Jahren manchmal betrübt."

„Ich freue mich so sehr für dich", sagte Lily und umarmte Tom.

Tom konnte sich nicht mehr daran erinnern, wann ihn das letzte Mal jemand umarmt hatte. Vielleicht war es seine Frau gewesen, aber das musste lange vor der Trennung gewesen sein. Als Lily ihre schmalen kleinen Arme um seinen Hals legte, fühlte er etwas, das ihm wie das größte Glück auf der Welt erschien – die Liebe und Nähe eines Mitmenschen, der Anteil an seinem Schicksal nahm. Mit keinem Geld der Welt konnte man so ein Glück kaufen.

„Ach Lily", stammelte Tom und strich ihr wie bereits am Morgen hilflos über die Wange, als er versucht hatte, ihr all die traurigen Sachen zu erklären, die sie einfach nicht verstanden hatte.

„Schau mal", meinte Lily und zeigte auf seine Blechdose. „Hast du das gesehen? Sie ist ganz voll!"

„Ja! Und das verdanke ich dir", antwortete Tom. „Jetzt kann ich mir sogar ein neues Paar Schuhe für die Reise kaufen. Und eine Pizza für uns zwei! Hast du Hunger?", fragte er mit einem Zwinkern.

Lily nickte. „Sehr großen sogar."

„Dann gehe ich jetzt zwei Straßen weiter in die beste Pizzeria im Viertel und hole uns eine ganz große."

„Ich freue mich so sehr für dich. Du bist ein wunderbarer Mensch und hast alles Glück dieser Welt verdient. Jedem Lebewesen sollte Glück beschieden sein", sagte sie mit einem Leuchten in ihren Augen.

Lilys Blick und ihre Worte berührten Tom so sehr, dass er nichts erwidern konnte und nur ein paar Mal heftig schluckte.

„Sag", meinte Lily, „hättest du einen Stift für mich? Und vielleicht ein Blatt Papier?"

Tom kramte in seinem Rucksack und zog nach einigem Suchen einen Kugelschreiber hervor.

„Einen Kugelschreiber habe ich, aber kein Papier. Was willst du denn aufschreiben? Ein paar Zeilen an mich?", fragte er verschmitzt. „Du könntest die Rückseite des Telegramms nehmen."

„Das mache ich", erwiderte Lily. „vielen Dank."

„Bis gleich, Lily."

Lily nickte und lächelte ihr unvergleichliches Lächeln.

***

## Das Niemandsland

Als Tom eine halbe Stunde später mit einem großen Pizzakarton zurückkehrte, war Lily verschwunden. Ein banges Gefühl beschlich seine
Seele und sofort dachte er, dass etwas Schlimmes
geschehen sei. Er blickte nach rechts und links,
aber Lily war nirgendwo zu sehen. Die Blechdose
war wieder halb gefüllt; sie konnte also noch nicht
lange fort sein.

‚Vielleicht hatte sie großen Durst und ist losge-
gangen, um sich etwas zu trinken zu kaufen‘,
dachte Tom. ‚Sie kommt bestimmt gleich wieder.‘
Er setzte sich auf seine graue Decke, stellte den
Pizzakarton neben sich und dabei fiel sein Blick
auf einen orangefarbenen Beutel.

War das nicht Lilys Beutel, aus dem sie heute
Morgen die kleine Kugel herausgezogen hatte?,
überlegte Tom. Er griff mit der linken Hand nach
dem Beutel und spürte ein zusammengefaltetes
Stück Papier. Verwundert öffnete er die verknote-
ten Bändchen und zog das Telegramm heraus,
welches ihm sein Bruder geschickt hatte.

Während er die Zeilen las, die Lily fein säuberlich

in einer schönen Handschrift auf die Rückseite geschrieben hatte, liefen ihm Tränen über die Wangen.

*Lieber Tom,*
*leider konnte ich nicht länger auf dich warten, denn es ist schon spät und ich muss zurück nach Hause.*
*Es ist sicher nicht leicht, an ein Land zu glauben, das so fern der Wirklichkeit erscheint. Aber immer wieder habe ich einen Hoffnungsschimmer in deinen und den Augen der anderen Menschen gesehen und bin sicher, dass auch du ganz tief in dir den Funken der Hoffnung trägst, dass diese Welt eine andere werden könnte.*

*Das Niemandsland ist ein Ort, an dem die Träume von einer besseren Welt wahr geworden sind. Es ist ein Land, in dem jeder Mensch ein zufriedenes und freies Leben lebt. Die Menschen müssen keine Angst vor Hunger oder Krieg haben, und tun das, was ihr Leben reich und bunt macht. Deshalb möchten sie auch nicht mehr besitzen als jemand anderer oder besser, mächtiger und stärker sein.*

*Im Niemandsland fürchten wir uns nicht vor der unsichtbaren Macht des Geldes oder einer höheren Macht, die uns bestrafen könnte, denn es gibt sie nicht. Wir bemühen uns darum, dem anderen mit Wertschätzung und Respekt zu begegnen und nichts zu tun, was ihm schaden könnte. Dennoch ist auch bei uns das Leben nicht perfekt. Aber was wäre das Leben, wenn es gar keine Herausforderungen gäbe?*

*Das Niemandsland gehört niemandem, denn die Erde kann man nicht besitzen – sie gehört sich selbst. Die Geschenke, die sie gibt, achten die Bewohner des Niemandslandes ganz besonders, denn wir sind nur Gast auf dieser Welt für eine kleine Weile in der Unendlichkeit der Zeit.*
*Ich bin heute vielen Menschen begegnet. Und all das Schöne, was das Niemandsland ausmacht, habe ich auch hier schon gesehen – manchmal als Samenkorn oder bereits als kleine Blume, die sich zum Himmel streckt.*
*Glaube an deine Träume einer besseren Welt, lieber Tom. Wenn viele Menschen daran glauben und von ihr träumen, wird sie eines Tages zur*

*Wirklichkeit.*
*Deine Lily*

Tom legte den Brief zur Seite und wischte sich die Tränen aus dem Gesicht.

Das Mädchen aus dem Niemandsland war so plötzlich in sein Leben getreten wie sie wieder verschwunden war. Doch in seinem Herzen und denen der anderen Menschen, die ihr heute begegnet waren, würde sie für immer in Erinnerung bleiben.

Tom zog die sonnengelbe Kugel aus seiner Hosentasche und flüsterte: „Ich verspreche es dir, Lily aus dem Niemandsland, ich werde träumen …"

\*\*\*

*„Am liebsten erinnere ich mich an die Zukunft."*
*Salvador Dalí*
*(1904–1989)*

*Danksagung an:*

*meine Mutter*

*Andy*

*Nico*

*Sabine*

*Anke*

*… und an alle Menschen, die nicht aufhören zu träumen und versuchen, diese Welt ein kleines Stück besser zu machen.*

*Die Autorin*

Daniela Böhm wurde 1961 als drittes Kind von Karlheinz Böhm und Gudula Blau in der Schweiz geboren und lebt heute in Bayern. Das Werben um einen neuen und von Respekt getragenen Umgang der Menschen mit der Natur und ihren Bewohnern ist ihr ein Herzensanliegen. Seit vielen Jahren bemüht sie sich aktiv um eine grundlegende Veränderung des Verhältnisses Mensch, Tier und Umwelt und bringt das auch auf unterschiedliche Weise in einigen ihrer Bücher zum Ausdruck. Als Tierrechtsautorin schreibt sie seit 2012 regelmäßig Artikel und spricht auf verschiedenen Veranstaltungen als Gastrednerin.

2010 erschien ihr erstes Buch „Zwei Marder im Himmel", eine Sammlung von heiteren Tiergeschichten und kurz darauf „Der träumende Planet", eine lyrische Erzählung über die Erde. In ihrem dritten Buch, „Heute ist ein ganz anderer Tag", beschreibt sie unterschiedliche Schicksale von Tieren vor einem realen Hintergrund. „Die sechs magischen Steine" war ihr erster Roman und wurde 2014 erstmalig veröffentlicht. Ihr fünftes Buch „Dort wo du bist, bin auch ich", handelt in Kurzgeschichten von den Gegensätzen, die diese Welt bewegen. „Auf der Suche nach dem verschwundenen Stern" ist eine fabelhafte Erzählung und im März 2017 erschienen.

**Dort wo du bist, bin auch ich**
*Gegensätze zwischen Traum und Wirklichkeit – Kurzgeschichten*

Das Alter und die Jugend, die Leere und die Fülle, die Vergangenheit und die Zukunft, der Zweifel und der Glaube, das Licht und die Dunkelheit, die Liebe und der Hass, das Leben und der Tod – das sind die großen Gegensätze, die in diesem Buch aufeinandertreffen und sich mit ihrem unterschiedlichen Sein auseinandersetzen. Gegensätze bewegen die Welt und sie bewegen uns. Sieben einfühlsame Geschichten nehmen den Leser auf eine fantastische Reise mit – eine Reise zwischen Traum und Wirklichkeit.

*ISBN: 978–3–94464836–1*

**Auf der Suche nach dem verschwundenen Stern**

Eine fabelhafte Erzählung über das Leben, große Träume und die Freundschaft. Ein Feldhamster mit vielen Fragen und staunendem Herzen über die Schönheit der Welt, findet eines Tages einen außergewöhnlichen Freund. Doch dann ist dieser plötzlich verschwunden und eine abenteuerliche Suche beginnt.

*ISBN: 978–3–74319667–4*

## Zwei Marder im Himmel
*Tiergeschichten für die Seele – Kurzgeschichten*

Ob Winnibald der Frosch, Annabelle die Häsin, Luzerl die Fledermaus oder die zwei Marder Johann und Gustl, die viel zu schnell im Himmel landen – alle Tiere müssen sich mit den größeren und kleineren Widrigkeiten des Lebens auseinandersetzen. Die Helden der Geschichten erleben komische, alltägliche, traurige und tiefe Momente. Winnibald fühlt sich als Versager, Annabelle, die Vollzeitmama sehnt sich nach mehr Ruhe, Luzerl muss seinen Liebeskummer überwinden und entdeckt dabei das Geheimnis der Nacht und die zwei frechen Marder finden den Himmel zwar ganz schön, das Leben auf der Erde aber viel spannender. Und bevor die Arche Noah startklar ist, geht es turbulent zu. Am Ende ihrer Abenteuer sind alle Tiere ein wenig weiser, glücklicher und schlauer.
*ISBN: 978–3–73865783–8*

## Der träumende Planet

Die Erde, ihre Schwester und der Mond erzählen ihre ganz persönliche Geschichte über den Zustand unseres Planeten und der Menschen, die auf ihm leben. Es ist eine kleine Zeitreise in die Vergangenheit und in die Zukunft, eine lyrische Erzählung voller Liebe und Schmerz, Verständnis und Verzweiflung, aber auch voller Hoffnung. Jener Hoffnung, dass es uns Menschen gelingen wird, für das Überleben unseres Planeten und aller Wesen, die auf ihm leben, Sorge zu tragen.
*ISBN: 978–3–84233960–6*

## Heute ist ein ganz anderer Tag
*Tierschicksale – Kurzgeschichten*

Welche Bedeutung hat das Schicksal vieler Tiere für uns Menschen? Wie erleben sie die stark vom Menschen geprägte Realität dieser Welt? Welchen Einfluss haben sie auf unsere Umwelt? Und welcher Zusammenhang besteht zwischen ihrem Schicksal und dem unseres Planeten? Diese Geschichten mit realem Hintergrund nehmen Anteil am Leben der Tiere. Saida, der spanischen Windhündin, droht das gleiche Schicksal wie ihrem Vorgänger Pedro; Sammy, der kleine Schimpanse, wird seinem vertrauten Lebensraum entrissen, genauso wie der Jaguar im südamerikanischen Regenwald, der auf der Suche nach einer neuen Heimat ist. Raffi, der rumänische Straßenhund, kämpft um sein Überleben, ebenso wie der Stier, der eines Tages von seiner grünen Weide geholt wird. Aus der Sicht der Tiere werden diese und andere Schicksale beschrieben, ihr (Überlebens-) Kampf in einer Welt, die allzu oft keine Rücksicht auf ihre Belange nimmt und ihre naturgegebenen Rechte als Lebewesen nicht respektiert.

*ISBN: 978–3–84238097–4*

*Weitere Infos unter:*
*www.danielaböhm.com*